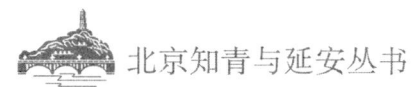 北京知青与延安丛书

青春履痕

北京知青大事记

北京知青与延安丛书编委会 主编

 中央编译出版社
Central Compilation & Translation Press

北京知青与延安丛书编委会

主　　　任：姚引良
副　主　任：梁宏贤
委　　　员：薛占海　薛义忠　姚靖江　杨军宪　刘小军
　　　　　　李慎健　方勇平　张春阳　樊晓霞　杨葆铭
　　　　　　谢文治　同　刚　曾鹿平
主　　　编：姚靖江
执 行 主 编：杨军宪
执行副主编：方勇平　高建菊　郭晓梅
核　　　稿：杨葆铭　曾鹿平　谢文治

总 序
宝塔山下倾听历史的回声

圣地延安,三山鼎峙、二水交融。宝塔山、延河水相映生辉,构成了共产党人精神家园的红色符号,成为圣地延安绝佳的形象标志。

这套散发着陕北黄土气息的丛书,用以情纪史的笔法,向人们展示了近28000名北京知青,在延安黄土地上度过的峥嵘岁月和苦乐年华。丛书中所收录的每一个人,或作为插队岁月的亲历者、见证者,或作为对青春往事的追忆者,他们每个人的内心深处,都深藏着一个与自己相伴终生的"圣地情结",他们对延安的宝塔山和延河水,对这片曾养育了中国革命的黄土地,始终怀着一种深深的眷恋。正是因为有了这样一种深植于灵魂深处的红色革命情结,在那场声势浩大的知识青年上山下乡运动中,这批满怀革命豪情的青年学子,告别了繁华的首都,开始了人生最初的"朝觐"。他们从金水桥头集结,向着一个越走情思越浓的熟悉而又陌生的圣地进发。他们每个人的心中,都怀着类似贺敬之在《回延安》中所表达出的那种真挚的感情，并在赶赴延安的征途中，就产生了一个朴素而又简单的意念——以延安的宝塔山和延河水为背景，照一张留驻青春倩影的照片，寄回北京，告慰父母及家人。这样的情感与意念，都出自对圣地延安的一种向往与景仰。从知青们当时所接受的教育来看，充满红色革命传奇的圣地延安，无疑成了他们最向往的地方。延安的宝塔山、延河水，以及山崖上错落有致的土窑洞所构建起的红色革命历史长廊，是最能表达革命豪情、展示英雄主义情怀、放飞青春梦想的绝佳之地。能在圣地延安的宝塔山下，倾听历史的回声，解读革命之所以能在穷乡僻壤取得胜利的历史逻辑，能在革命圣地接受延安精神的熏陶和滋养，对人生的成长，定会聚集起更加强大的精神力量。

浑雄苍茫的陕北高原，像被群山环绕成的一个巨大的聚宝盆，她以海纳百川的胸襟，在79年前，接纳过一支在枪林弹雨中转战大半个中国、用坚定的理想信念来传播共产党人改天换地革命理想的红军队伍。长征，是对人类历史进程产生过巨大影响的一个大事件。延安，作为红军长征的落脚点和中国共产党人演绎红色革命传奇的大舞台，已被载入中国革命的辉煌史册。近28000名北京知青来延安插队，堪称是一次规模巨大的社会群体实践活动，是继红军长征到达陕北后又一个庞大的外来群体，也是对延安产生了深远影响的一个重大历史事件。1969年那个多雪的冬天，充满红色革命印记的圣地延安，在接纳这批胸怀革命理想的青年学子的同时，也将这方地域严酷的自然环境和贫穷落后的面貌，以猝不及防的方式展示在他们的面前。在理想与现实的巨大反差中，知青们开始用一种平民的视角来观察体验生活，他们看到了生息在这方土地上的父老乡亲，面朝黄土背朝天，终年劳作却难以温饱的生存现状；看到了牛踩场、驴拉磨，传话隔山吼，点灯靠麻油的原生态的生活场景。在经历了痛苦的磨炼和深刻的思索之后，知青们很快就从浪漫、狂热和困惑中平静了下来，以一种平民意识和平民情怀来融入生活，用青春的激情，在贫瘠荒凉的黄土地上燃起了理想的火焰，以革命英雄主义的精神风貌，面对严酷的现实开始书写自己的人生。他们与延安人民一道，发扬自力更生、艰苦奋斗的延安精神，战天斗地，改造山河，搏击贫困，演绎出一幕幕"苦其心志、劳其筋骨、饿其体肤、空乏其身"的青春活剧。

从文化史、思想史和自我认知的结合上来看，陕北这块厚重的黄土地里，蕴涵着一种豁达、包容、互助、亲善的文化基因。知青们少小离家，来到这块被群山阻隔、举目无亲、多风少雨的荒僻之地后，很快就从这块厚重的土地上感受到了人生的艰辛，同时也感受到人性的温暖。这里淳朴的民风，古老、甚至近乎愚昧的乡俗，就像蹲在土窑洞里的粮食囤和酸菜缸，在不紧不慢地散发着一种湿润温和的气息，让远离父母的知青们有了一种归属感和家园感。

知识青年上山下乡，是为了接受一种"再教育"，而这种"教育"，实际上是让这些来自城市的年轻学子，通过自我认知的方式来阅读社会这部无字的大书；通过上山下乡的磨砺，来接受人生观和世界观的教育。知青们在延安插队的岁月里，看到了当时中国社会最真实、最基层的一面。他们在接受艰苦生活的考验中，懂得了人生的衣食之难，体会到了稼穑之苦，并在与延安人民朝夕相处、共同生活中，学会了坚忍、顽强与拼搏。艰难困苦，玉汝于成。正是因为有了这样的人生经历，才"玉成"了知青健康的人格、志存高远的情怀和坚忍不拔的精神气质；正是因为有了上山下乡"这碗酒垫底"，他们才会在日后漫长的人生岁月中，对遇到的各种人生风浪总能等闲视之。在圣地延安的土地上接受了精神洗礼的知青们，学到了在书本中根本就无法学到的东西，收获到一部不着一字、但却可以受用终生的人生宝典。作为一种回馈和反哺，知青们将大好的青春年华、将单纯而又质朴的青春热情挥洒在延安的土地上。

在那个困苦的年代，曾作为革命中心的延安，战争的创伤早已恢复，但经济建设和文化建设还十分落后，知青们的到来，为这两大建设注入了活力。他们将书本知识与生产劳动相结合，将聪明才智运用到生产实践中，对提高农村落后的生产力，改变延安贫穷落后面貌可谓勋业卓著、功莫大焉。尤其是在文化建设上，知青们更是领文明之首，开风气之先。他们每一个人，都成了文明的信使，成了乡村中一道亮眼的风景。他们将京城的先进文化、生活方式，将文明的种子和知识的甘霖，播撒在延安贫瘠的土地上；他们用自己的思维方式、行为方式和全新的生活理念深刻地影响着当地的乡俗和民风，给生活在这方闭塞土地上的群众进行了一次现代文明的启蒙。从历史的角度来重新看待和审视北京知青到延安插队落户，就能让人发现：闭塞的黄土地在党的十一届三中全会之后，能够很快顺应改革开放的时代大潮，这与知青在延安插队期间，对这块土地在思想和文化建设上所做出的贡献有着密切的关联。因此，从这个意义上来讲，对于这片远离现代文明的土地，对于生息在这方土地上的人民，知青们在插队岁月中，对这方土地所付出的热情，所洒下的每一滴汗水，都具有弥足珍贵的历史价值，并将会被这片土地和生息在这片土地上的延安父老乡亲所铭记。

宝塔山高延水长。感谢造化的恩赐，将这样一方圣洁的山水景象馈赠给了延安；感谢历史的垂青，将这道亮丽的风景演化成中国革命的一种象征。尽管岁月不居、时光荏苒，但宝塔山和延河水所激荡起的历史回声总在一代又一代人的心中回响。"羊羔羔吃奶眼望着妈／小米饭养活我长大"，这是从延安土窑洞中走出来的一代"老延安"对这块土地的深深眷恋；"踏遍了黄土吃遍了草／我也是你怀里的羊羔羔"，这是在延安度过青春岁月的插队知青的真诚吟唱。这种眷恋、这种吟唱，是跨越时空的心灵对心灵的回应，更是一种历史的链接。知青来延安插队的火红岁月，已成为延安红色革命历史的一部分，并丰富和拓展了延安红色革命文化的内涵。而今，英雄的延安人民可以引以为豪的是：这块浸润着英烈的鲜血、洒满了知青青春汗水的沧桑土地已发生了翻天覆地的历史性巨变。涌动着现代潮的延安城乡，蔚然深秀、满目苍翠的山川大地，以及洋溢在延安人民脸上的幸福笑容，这一切的一切，不正是曾在这块土地上生活和战斗过的革命前辈，不正是近28000名北京知青所希望看到的美好景象吗？

"对照过去我认不出了你，母亲延安换新衣。"延安变了，变得山绿了、水清了，变得文明了、富裕了，而唯一没有变的是延安人身上所具有的那种淳朴、厚道、善良的精神品质。寸草常念三春晖，涌泉永记滴水恩。40多年来，延安人民与知青结下的这种亲情，在岁月的流逝中愈加显得弥足珍贵。曾在延安黄土地上插过队的知青，将对圣地延安的眷恋化成了一条条红色的感情纽带，将北京与延安紧紧地联结在一起。他们每个人的心中，都怀着一种"惜身家亦惜土地，终怀父母之心"的情愫。他们在这40多年间，时刻关注着延安的发展。让延安人民能过上幸福美满的好日子，是他们由衷的期盼。他们以游子感念慈母的情怀，发挥自身所长，整合知青们所拥有的各种资源，通过不同渠道，不遗余力地给延安经济社会的发展以无私的帮助，其情其意，令人感佩。为了铭记这段难忘的历史，珍藏这份亲情，我们觉得趁这段历史还不算久远，趁知青们当年在延安插队留下的珍贵史料还没有被岁月所尘封，我们有责任通过开展搜集、抢救和挖掘这批弥足珍贵的史料来以情修史、以诗纪史，这不仅是一种责任，也是一种使命所在。延安的历届领导，对知青来延安插队的这段历史向来十分珍视，延安曾在不同时期，编辑出版了北京知青在延安的画册、图书，拍摄了电视专题片以及举办图片展览，旨在通过各种形式，来真实地展示知青在延安度过的青春岁月和苦乐年华。为了更加完整地记录这段历史，让这段历史在建设"圣地延安、生态延安、幸福延安"，实现"中国梦"的历史进程中发挥"资治、存史、育人"的作用，延安市委决定开展广泛的史料征集活动，通过对那段峥嵘岁月的悉心梳理与钩沉，编辑出版这套从思想和文化视野上都具有经典和史实意义的大型系列丛书。丛书共分为六卷本，依照编著的内容和体例，第一卷以知青追忆插队生活为主，用第一人称的手法，真实地讲述了插队岁月所经历的思想感情的变化和人生成长的过程。文中所展示出的原生态的乡土场景，所散发出的青春气息，在朴素真诚的表达中，让人感到一种温馨。第二卷有一种浓得化不开的未了之情。卷中着重记述了知青返城之后，对当地经济社会的发展所给予的关注和所浸注的心血，让人在感受这份亲情中，看到在艰苦岁月中所结下的深情厚谊，历时愈久，愈加显得珍贵。第三卷中所收录的知青日记和书信，填补了记述知青史的一个空白。这些带有私密性质的日记和书信，像一幅幅清晰的心理图谱，照彻出知青们所经历的心路历程。第四卷按编年体的形式，将知青在延安插队期间大的历史事件给予了准确的记录，为后人勾勒出了一个清晰的历史脉络。第五卷则以更加直观的读图手法，来展示知青们来延安插队时的花样年华。尽管岁月流逝，青春不再，但面对这一幅幅泛黄的照片，犹如在时间的遗址前流连。第六卷所收录的许多篇什，在知青插队的年代曾被传诵一时，是谱写在他们心田里的人生华章。在对这六卷本丛书的编撰中，力求全方位、多角度来再现知青插队岁月的历史场景，让原生态的乡土风景在追忆中复活起来，让结缘于黄土地上的这份亲情，像陈年的老酒，散发出更加浓郁的芳香，让昔日高唱的理想之歌不要成为绝响，让每一幅老照片都留驻着知青们的青春梦想。对于已经走入人生秋天的知青来说，这套丛书不仅仅是他们对插队岁月的一种追忆和记录，而更多的是，表达了知青们的一种人生态度和人生情怀。在一年四季的轮回中，秋天是一个收获的季节；在生命的流程中，人生之秋是思想凯旋的岁月。这套丛书中所展示出插队岁月的乡土场景，所表达出知青与延安父老的那份真挚的感情，既能勾起知青们对青春岁月的怀想，又能让人感悟到：历史就是由一代又一代人的青春链接而成。这套丛书更像是一幅纷繁万状的历史画卷，那一幅幅熟悉的乡村景象，包含着一代人的集体记忆。飘着炊烟的村庄，朴素的窑洞，包括碾畔前的那盘石磨，窑壁上挂的那顶草帽，都在知青的心中成为一个有价值的景象和器物，并让人在阅读这些饱含真情的文字时，似乎看到陕北高高的山峁上，黄牛正在缓缓行走。犁尖像唱针，在嵌入土层的那一刻，一首无言的黄土之歌在心中骤然响起，那感人的旋律舒缓深沉，令人回味无穷。

宝塔山依然屹立在延河之滨，那高耸的塔尖上曾悬挂过当年来延安插队的北京知青的理想风帆。尽管岁月像延河水一样一去不复返，但历史已经将那段难忘的岁月，将曾在延安插过队的每一个知青的光荣的名字镌刻在延安的大地上。

宝塔含笑遥祝赤子幸福安康，
延河欢歌颂唱神州筑梦时代。

是为序。

中共陕西省委常委、延安市委书记

凡 例

1. 《北京知青大事记》从 1968 年延安地区开始筹备北京知青接待工作为上限，下限至 2014 年 12 月底，共记录了 47 年间、延安 14 个县区（1983 年 10 月宜君县划归铜川市，为了全面记述该段历史，所以该书把宜君县仍划在记载范围）有关来延安插队的北京知青的大事、要事。

2. 大事记的记述，坚持历史唯物主义观点，实事求是，简明扼要，重结果简过程，述而不评。

3. 大事记记述主要采用编年体，辅之以记事本末体。按事件发生的时序编排，同日内有两条以上大事者，第二条以上者，以"▲"为标识。凡日不清的记在月末，以"是月"标识；月无考证记年末，以"是年"标识或者以春夏秋冬作为事件发生时间记载。

4. 对于人物的记载多以记事本末体集中记载，个别影响较大的人物以编年体分年记载。

5. 1997 年延安撤地改市，本书中 1997 年之前出现的延安市即为现在的宝塔区。

6. 书中出现的统计数字以该条目记录时间截止。

目 录
Contents

引　言 …………………………………………………………… 1

1968 年 ………………………………………………………… 1
1969 年 ………………………………………………………… 3
1970 年 ………………………………………………………… 7
1971 年 ………………………………………………………… 16
1972 年 ………………………………………………………… 21
1973 年 ………………………………………………………… 25
1974 年 ………………………………………………………… 30
1975 年 ………………………………………………………… 35
1976 年 ………………………………………………………… 41
1977 年 ………………………………………………………… 46
1978 年 ………………………………………………………… 48
1979 年 ………………………………………………………… 51

年份	页码
1980 年	55
1981 年	58
1982 年	62
1983 年	65
1984 年	66
1985 年	67
1986 年	68
1987 年	70
1988 年	71
1989 年	73
1990 年	74
1991 年	75
1993 年	76
1994 年	77
1995 年	79
1996 年	80
1997 年	82
1998 年	83
1999 年	86
2000 年	88
2001 年	89
2002 年	90
2003 年	91
2004 年	93
2005 年	94

目 录

2006 年 …………………………………… 96
2007 年 …………………………………… 97
2008 年 …………………………………… 99
2009 年 …………………………………… 101
2010 年 …………………………………… 104
2011 年 …………………………………… 106
2012 年 …………………………………… 108
2013 年 …………………………………… 111
2014 年 …………………………………… 114

后 记 …………………………………… 121

引 言

新中国成立后,我国进入社会主义革命和建设时期。在城市,由于社会经济结构重新改组,"三反"、"五反"运动相继开展,导致部分工厂停业,部分基建项目停建、缓建,一些高小、初中毕业生不能升学、就业,加之旧社会遗留的众多失业人员,城镇就业压力逐年加大;而在农村,农业合作化运动蓬勃兴起,发展农业生产急需大批有知识、有文化的青年劳动力。国家探索统筹解决城镇就业问题和改变农村落后状况,知识青年上山下乡运动在这样的时代背景下应运而生。

1954年,共青团中央决定,在全国范围内开展"向荒山、荒地、荒滩"进军活动。北京青年组建志愿垦荒队在黑龙江省萝北县创建"北京庄"。随后,上海青年垦荒队在江西省德安县创建"共青社",天津青年志愿垦荒队在黑龙江省萝北县创建"天津庄"。

1955年,《人民日报》刊发《继续动员高小和初中毕业生从事生产劳动》社论。9月,毛泽东主持编辑《中国农村的社会主义高潮》,并在《一个乡里进行合作化规划的经验》的按语中指出:"农村是一个广阔的天地,在那里是可以大有作为的。"这一按语不仅标志着知识青年下乡上山(1967年7月9日后改称上山下乡)运动在全国范围内启动,而且成为各级政府组织知识青年下乡上山的指导思想,也是激励千百万知识青年下乡上山的精神动力。1956年,知识青年下乡被纳入《全国农业发展纲要》。1962年10月,国务院农林办公室召开国营农、林、牧、渔场安置家居大中城市精简职工和青年学生汇报会后,知识青年下乡上山纳入国家计划,并开始有组织地实施。1963年,知识青年下乡上山列入国家重要议事日程,党中央国务院和各级党委、政府相继成立领导小组和办事机构,组织安排知识青年下乡上山工作。1967年7月9日,《人民日报》刊发《坚持知识青年上山下乡的正确方向》社论。10月9日,第一批北京知识青年去内蒙古自治区西乌珠穆沁旗插队,成为知识青年上山下乡高潮来临的前奏。1968年秋,北京、天津、上海、浙江等省市与黑龙江、吉林、陕西、山西、江西、安徽、云南、贵州等省协商,计划1969年跨省区下乡62.1万人,其中陕西省延安地区接收北京知青3万人。1968年12月22日,《人民日报》在《我们也有两只手,不在城里吃闲饭》报道编者按语中,发表了毛泽东指示:"知识青年到农村去,接受贫下中农的再教育,很有必要。要说服城里干部和其他人,把自己初中、高中、大学毕业的子女,送到乡下去,来一个动员。各地农村的同志应当欢迎他们去。"毛泽东最新指示的发表,把知识青年上山下乡运动推向了高潮。

1968 年

10 月 延安专区革委会接省革委会电话通知，北京市 3 万名左右初高中学生，到延安地区农村插队落户，要求进行研究部署，做好接收、分配、安置前的各项准备工作。

▲ 延安专区革委会主任许效明主持召开专区主要领导人会议，传达上级安置北京知识青年（以下简称"知青"）精神，研究讨论安置办法，确定五项措施：一是派人到北京了解知青情况，合理安置；二是研究出初步分配方案；三是做出北京到铜川，铜川到各县运送计划；四是搞好接待和欢迎工作；五是做好到基层的生活安排以及安全过冬计划。

12 月 9 日 延安专区计划安置北京中学毕业生 30000 人，由原分配安置的 8 个县调整扩大为 11 个县，分别是：延安县 6000 人；延长县 3000 人；延川县 1200 人；安塞县 3000 人；甘泉县 2000 人；富县 3000 人；洛川县 2900 人；宜川县 3200 人；黄龙县 1000 人；黄陵县 2700 人；宜君县 2000 人。（后增加志丹县）

12 月 15 日 延安专区革委会决定成立赴京"迎接北京知

青来延安插队工作组",后又改为"迎接北京知青来延安插队工作团"。慕锡章任团长,高明池和王福海为成员。全团60余人,各县均有3至5人参加。

12月17日 延安专区革委会印发《关于进一步做好上山下乡知识青年安置工作的紧急通知》。

12月18日 延安专区革委会召开会议,专题研究北京知识青年来延安插队问题,决定成立领导小组,在延安和铜川设立知青接待转运站。延安接待站安广录任站长,铜川接待站冯振业任站长。

▲ 延安专区"迎接北京知青来延安插队工作团"到达北京,陕西省知青办动员处处长沈玉华随行指导工作。

12月23日 北京市委常委、革委会副主任丁国钰接见延安代表团部分成员。

12月24日 "知识青年下乡上山延安接待站"成立并启用印章。

12月27日 北京市在工人体育馆举行庆祝毛主席"12·21"指示发表和动员知青下乡大会,沈玉华代表陕西省和延安地区致欢迎词。

是年 延安地县两级均成立了知识青年上山下乡领导小组办公室。

1969 年

1月7日 首批来延安插队的1200多名北京知青从北京火车站启程,北京市举行知青专列首发欢送仪式。

1月9日 首批北京知青到达延安,受到延安人民的热烈欢迎。

1月14日 晚7时,宜川县寿峰公社薛家坪村插队北京知青彭维克、江浩、徐西侠3人因烧火取暖,引燃火药酿成火灾,3人烧伤,其中1人伤情严重,经请示,中央指示兰州军区派直升飞机接至西安抢救,3人得以脱险。

是月 延安地区安置北京知青采取县区对口安置的办法。北京市崇文区2199名青年分配到宜君县的12个公社、96个大队插队落户。北京市宣武区628名知识青年分配到甘泉县道镇、王坪等4个公社插队落户。北京市丰台区2991名知识青年分配到洛川县的14个公社149个大队插队落户。

2月10日 据统计,延安专区共接待安置北京知青24批26200人。分别被安置到志丹、安塞、延安、延川、甘泉、富县、宜川、黄龙、洛川、黄陵、宜君、延长12个县124个公社 1602 个生产大队 3000 个生产队。

2 月 14 日 陕西省革委会印发《关于城镇人口下乡上山、干部下放劳动有关经费开支，粮、油供应，布、棉补助等问题的通知》。

3 月 6 日至 8 日 宜川县革委会召开上山下乡知识青年政治工作座谈会，各公社、大队革委会负责同志及插队知青代表 300 多人出席会议。

是月 北京市东城区革委会先后 4 次召集 59 名表现好的延安返京知青进行座谈，并走访 20 多名知青。

5 月 10 日 延安县麻洞川公社南沟生产队民兵连长纪生海，北京插队知青孙翠华、阎敬生，回乡知青张春喜、贾海生 5 位青年抢救集体牲畜时被坍塌窑洞压埋遇难。延安县召开追悼会，号召学习他们的先进事迹。

7 月 16 日 首批北京市石景山区慰问团一行 17 人赴黄龙慰问知青。

8 月 1 日 延安县革委会召开知青、下放干部活学活用毛泽东思想积极分子代表大会，311 名知青代表出席会议。

8 月 10 日至 23 日 北京市宣武区慰问团赴甘泉县慰问知青。

8 月 12 日至 17 日 延川县召开首届知青活学活用毛泽东思想积极分子代表大会。北京知青代表 176 人出席。

9 月 6 日 北京慰问团一行 12 人赴黄龙慰问知青。

9 月 22 日至 28 日 黄龙县召开上山下乡知识青年活学活用毛泽东思想积极分子代表大会，288 名知青代表参加。

9 月 23 日至 27 日 富县召开首届知青活学活用毛泽东思想积极分子代表大会。会上表彰了 500 多个先进集体和积极分子，北京知青史玉存被选为出席陕西省、延安地区活学活用毛泽东思想积极分子代表。

是月 延川县关庄公社关家庄大队办起合作医疗站，北京知青孙立哲当上赤脚医生。

10月1日 新中国成立20周年大庆，全国各地选派314名知青代表来京观礼，其中有30名登上天安门城楼。黄陵北京知青张艳、富县北京知青史玉存、宜川北京知青徐继华3人作为知青先进代表参加国庆20周年观礼。张艳作为陕西代表之一登上天安门城楼。

10月4日至9日 宜川县召开首次知青活学活用毛泽东思想积极分子代表大会。

10月25日至11月6日 延安地区召开知识青年活学活用毛泽东思想积极分子代表大会。会议代表802名，其中知青先进集体代表250个，先进个人代表444名。会议表彰了黄陵店头公社长墙大队再教育领导小组、宜川壶口公社水南生产队知识青年小组等16个先进集体，宜君县北京知青沈凤英、黄陵县北京知青张艳等15名活学活用毛泽东思想积极分子。与会代表向全区知青发出《倡议书》。

11月21日 延安地区革命委员会出台《关于进一步做好知识青年安置教育工作的决定》，要求全区要健全管理机构，加强组织领导，解决好知青生活问题。

是年 黄龙县柏峪公社五角树生产队14名北京知青，开山劈石，修成一条几里长的水渠，起名为"扎根渠"，并在乱石滩上开出第一块水浇田。

▲ 延安地区共安置城镇知识青年36000多名，其中北京

知青 26000 多名，分布在 12 个县 124 个公社 1602 个生产大队 3454 个生产队。北京知青因病残退回 799 人，转回原籍和跟随父母到外地插队的 1302 人，因病、因工死亡的 20 名，实有 24097 名。

▲ 宜川新市河公社宜世大队知青徐继华被评为全区活学活用毛泽东思想标兵，陕西人民广播电台和《北京日报》对徐继华的先进事迹进行了报道。

▲ 宜川县有 118 名知青参加毛泽东思想宣传队，20 名担任赤脚医生，12 名担任基层干部和民办小学教师。

1970 年

1月24日 北京市石景山区慰问团一行20人赴黄龙县慰问北京知青。

2月27日 黄龙县22名长期患有严重慢性病而不能参加生产劳动的北京知青，经批准返回北京。

2月28日 延安地区革委会出台《关于处理回乡插队人员几个具体问题的意见》，《意见》指出：城镇知识青年、脱离劳动居民和其他人员，要求回到外省区原籍插队落户（包括少数投亲的），应予以鼓励和支持。

是月 陕西省革委会、延安地区革委会组织60多人的慰问团分赴各县，慰问下放干部和插队知青。

3月10日至26日 国务院在北京召开延安地区插队青年工作座谈会，主要讨论加强插队知青工作和改变延安地区贫穷落后面貌问题。陕西省革命委员会、延安地区和12个县革委会的负责同志参加会议。12日，延安地区革委会副主任刘舒昌就北京知识青年在延安地区插队情况作了汇报。16日，召开"座谈会领导小组"扩大会议。李先念、纪登奎、余秋里、吴庆彤、吴德、丁国钰等中央和北京市的领导出席。纪登奎等就做好插队知识青年管理工作讲了意见。17日，讨论修改《延安地区插队青年工作座谈会纪要》。会议第二阶段，讨论迅速改变延安贫穷落后面貌问题。3月26日，会议形成《延安地区插队青年工作座谈会纪要》，制定《首都关于支援延安地区社会主义建设的方案》，草拟《延安地区来京代表给伟大领袖毛主席的致敬信》。下午，周恩来总理接见全体与会同志，并作重要讲话。会后，延安地区革委会作出《关于认真贯彻执行毛主席和中央首长对知青"再教育"的重要指示和"延安地区插队青年工作座谈会纪要"的决定》。北京市和中央各部委开始对口支援延安，发展"五小"工业。（1970年初，周恩来总理从与北京知青周秉和、何立群的谈话中了解到延安人民的经济生活状况和北京知青安置工作中存在的具体问题。周秉和是北京市三十五中学生，在延安县枣园公社插队，何立群是北京市八中69届学生，在延安县李渠公社插队。他们俩向周恩来和邓颖超汇报了在延安插队的情况和在延安的见闻。在周恩来的直接关怀下，北京市各城区分别召集从延安返京的北京知青座谈。）

3月12日 延安地区办理打击破坏上山下乡案件26起，批斗11人，拘捕8人，其中判刑7人。

▲ 一年来，北京插队知青因公伤、疾病等共死亡20人，其中抢救集体财产遇难2人，病亡2人，自杀1人，车祸致亡1人，水淹致亡5人，失足落崖致亡6人，窑洞崩塌致亡3人。

3月13日 甘泉县王坪公社大庄河大队插队北京知青彭延，通过针灸治愈一名患聋哑病5年的农村儿童。

▲ 中央安置办公室主任于驰前等人先后到延安、延长、安塞、宜川、黄龙5县4个公社14个生产队，检查北京下乡知青安置和再教育工作。

▲ 北京市政府向志丹县支援工具车、拖拉机、米面加工机等70多台，并派48名干部协助县上管理北京知青。志丹县共有北京知青和下派干部604名。县上先后拨款39.9万多元修建住房209间（孔）。

4月13日 宜君县创办反映知青再教育的刊物《广阔天地》。

5月1日 志丹县顺宁公社插队知青发出倡议书表示：一要活学活用毛泽东思想，创"四好"争"五好"；二要在革命实践中锤炼一颗红心；三要举办识字班，为扫除文盲作贡献；四要在"破四旧"斗争中冲锋陷阵，发扬革命精神；五要在实现农业机械化中大显身手；六要积极试验，推广优良品种；七要加强团结，加强纪律性。

5月5日 延安地区革委会政工组转发志丹县顺宁公社北京插队青年《为建设好革命圣地延安立新功》倡议书和安塞县10名北京插队知识青年《扎根延安干革命，终生献给毛主席》决心书。

5月22日至24日 1214名支延北京干部中第一批干部离开北京前往延安，北京市革委会负责人及两万群众到车站欢送。24日到达延安。

5月28日 126名支延北京干部到达富县。富县举行欢迎仪式。

5月28日至6月17日 国家计委领导许文彬到延川、延安、甘泉3个县4个公社9个大队和15个青年小组检查延安地区插队青年工作，并召开座谈会。

5月29日至31日 第二批支延北京干部离京，31日到达延安。

6月3日 游士远、梁汇铨带领61名支延北京干部到达甘泉县。

6月10日 据统计，一年多来，在延安地区插队落户的知识青年先后共有36500多名，其中北京知青26200名。北京知青中，有799人因病残返回原籍，1302人转往原籍或跟随父母去外地插队，因挽救国家财产遇难或其他事故死亡20人。全区实有插队北京知青24079人，分布在延安、甘泉、富县、洛川、黄陵、宜君、黄龙、宜川、延长、延川、安塞、志丹12个县的128个公社1554个大队3479个生产队，每个大队平均有北京知青近16人，每个生产队平均近7人。

▲ 据统计，1969年以来，插队北京知青被选为党支部委员、大队革委会委员、生产队队长的共计2600余人；5976人被推选为毛泽东思想宣传员，参加贫宣队等；近千名北京知青当上赤脚医生或教师；4000余人出席了县、社活学活用毛泽东思想积极分子代表大会。86人加入中国共产党，434人加入共青团。南泥湾插队知青罗燕军被推选为全国第四届人大代表。

▲ 延安地区革委会在有北京插队青年的12个县和128个公社中，分别配备一名公社革委会副主任负责插队青年工作。延安、洛川、延长等县各公社革委会都配备了插队青年工作专职干部，全区各大队普遍成立了"三结合"再教育小组，生产队普遍配备了政治指导员、生产辅导员、生活管理员。

▲ 甘泉县王坪公社大庄河生产队插队青年小组，在村里兴办毛泽东思想夜校、广播站、合作医疗站、供销点；组建农田基建队、科学实验小组，种植农作物和中草药科学实验田；成功改制发电机，实现脱粒和米面加工机械化。

▲ 延川县文安驿公社下文安驿大队插队北京青年李明等人试制成功的水锤泵，造价低廉，操作容易，扬程高达 25 米，受到群众好评。

6 月 22 日 延安地区革委会发布《关于坚决打击破坏上山下乡的阶级敌人的紧急告示》。

7 月 3 日 黄陵县革委会印发《关于树立活用毛泽东思想先进单位和活用毛泽东思想积极分子的决定》。张艳、陈系仁、张代书、张松山、王丹衡、徐玉华、陆芳芳、周君武、蔡逢春、王超辉、鲁美丽、江鲁鲁等插队知青受到表彰。

7 月 12 日 延安地区召开万人大会，公判破坏知识青年上山下乡的 10 名罪犯。

7 月 16 日 安塞县革委会召开首次知识青年和下放干部活学活用毛泽东思想积极分子代表大会，15 名北京知青和 4 名返乡知青代表参加会议。

7 月 23 日 延川县革委会建立插队青年、下放干部学习日制度。规定下乡知青除坚持天天读书外，每月必须学习 3 天，以小组为单位，支延干部参加进行辅导。

7 月 26 日 延安地区革委会转发省革委会 041 号函，要求延安各县的插队北京知识青年有病应就地治疗，确需赴京治疗的，也要由各地卫生部门办理转院手续，事先与北京卫生部门联系，经同意后方可回京治疗。

8月8日至15日 延安地区革委会召开第二次插队知识青年、下放干部、下乡城镇居民学习毛泽东思想积极分子代表大会。200多名代表中有160多名知青代表，北京知青王岐山、张艳、罗燕军等出席会议。

8月29日 据14个县不完全统计，延安地区为知青修窑洞4318孔、房屋619间，有16400多名知青住进新居，占总数的68.6%；恢复集体灶2475个，有18200多人参加，占76%。

9月29日 陕西省革委会表彰活学活用毛泽东思想成绩显著的下乡人员和再教育单位，延安地区宜川县壶口公社水南生产队下乡知识青年小组、宜君县县口公社上沙原生产队北京知青沈凤英（女）、延安县甘谷驿公社梁屯大队北京知青赵金城、延长县黑家堡公社马家沟大队北京知青焦志延（女）获表彰。

是月 截至月底，全区共揭发破坏知青上山下乡嫌疑人510名，判刑90人，其中死刑3人。

▲ 延安地区开始在插队落户知青中招工。

▲ 梅七线铁路工程（富平县梅家坪到黄陵县七里镇）在宜君县招用北京插队知青62人。

10月26日 毛主席"知识青年到农村去，接受贫下中农的再教育"指示发表两周年前夕，延安地区革委会向赴延插队北京知青的家长致信，汇报知识青年在延安插队情况，感谢各位家长的大力支持。

是月 延川县文安驿公社马家沟大队党支部在下乡知识青年中开展"小整风"活动，收到显著效果。

是年秋 志丹县双河公社向阳沟大队的北京知青成立实验小组，在村民的暖炕上，试制成功第一批"中曲饲料"和"九二〇生长激素"。

11月9日 北京慰问团一行16人慰问富县下乡知青。

11月12日 陕西省革委会下放分配领导小组转发延安地区革委会核心小组《关于进一步做好上山下乡人员管理教育工作的指示》，希望各地都能像延安那样，不满足于既有成绩，深入检查，分析形势，根据实际情况，提出具体措施，进一步做好上山下乡工作。

11月14日 北京慰问团一行15人慰问延长县插队北京知青。在一个月的慰问活动中，重点检查对中发【1970】26号文件的贯彻落实情况，后根据生产队安置条件对北京知青进行调整，决定在七里村公社7个大队、交口公社8个大队，黑家堡公社13个大队安置知青。

11月上旬 志丹县用5天的时间集中全体下放干部、插队青年代表百余人举办学习班，传达陕西省首次"两下"积代会精神，讨论在下乡人员中进一步掀起以学哲学为中心的活学活用毛泽东思想新高潮等问题。

是月至12月21日 北京市赴延安学习慰问团在延安地区13个县开展学习和慰问活动。

是月 月初，延安地区革委会政工组向全区批转《延安地区革委会下放办、延川县革委会下放办对文安驿公社马家沟大队开展"小整风"情况的调查报告》，要求各县、公社革委会参照延川县文安驿公社马家沟大队的经验，于当年冬和第二年春天有领导、有计划，分期、分批集中力量在下乡青年中开展一次"小整风"活动。

12月1日 延安地区革委会政工组转发富县北道德公社记

录大队知识青年小组创"四好"（政治思想好、三八作风好、军事训练好、生活管理好）经验材料，要求在全区开展创"四好"活动。

是月 据统计，1970年底，延安地区实有下乡知识青年34400名，其中北京知识青年24000名。

是年冬 延安地区组建足球队参加陕西省足球运动会，球队运动员多由北京知青组成。志丹县北京知青张小建代表全体运动员在陕西省足球运动会开幕式上发言，延安队在本次比赛中荣获第4名，并获"最佳风格奖"。

是年 延安地区革委会下放办举办"上山下乡人员活学活用毛泽东思想先进事迹展览"，在全区15个县（区）巡回展出60余天。

▲ 1970年冬至1971年春，全区普遍以大队或公社为单位在知青中开展了一次整风活动，批判无政府主义和极"左"思潮，反对资产阶级思想腐蚀，纠正不正之风。

▲ 延安县河庄坪公社井家湾大队下乡知识青年从良种、丰产、肥料、保植等几方面进行大面积科学试验，改革6项耕作方式，在1969年遭受自然灾害的情况下，粮食平均亩产最高达1215斤，取得前所未有的大丰收，使该大队成为全区科学种田的一面红旗。

▲ 黄龙县柏峪公社王庄大队五角树村北京知青建成水电站，该村村民用上了电。

▲ 志丹有110名北京知青走上了教师、生产队长、民兵干部、农村技术员等工作岗位。

▲ 延长县对1657名插队知青进行集中调整，减少了安

置队数。

▲ 北京知青张克民父母来到黄龙县范家卓子公社范家卓子村陪张克民一起插队。（1971年，张克民招工到黄龙县人民银行工作，其父母才回京。）

1971 年

1月1日 延安地区革委会印发《慰问信》，向下乡知识青年、下放干部、下乡城镇居民致以节日祝贺和亲切慰问，鼓励他们在与工农群众相结合的道路上奋勇前进。

是月 汉中012信箱、西安铁路局、延安化肥厂共在宜君招录北京知青458人。

年初 志丹县双河公社向阳沟大队知青集体步行140多里赴延安"拉练"，参观宝塔山、杨家岭、枣园、延安革命纪念馆，实地接受革命传统教育。

春 志丹县双河公社向阳沟大队农业科技实验站正式成立，成员扩充至7人，多为北京知青。

4月15日 富县卢克刚等6名北京知青迁转外地插队。

5月 宜君县组织部分插队知青在延安举办新老典型革命传统教育学习班。

6月17日至1972年9月 阿尔巴尼亚、越南、保加利亚、波兰、匈牙利、南斯拉夫、苏联、美国等十多个国家的驻首都记者偕夫人和华侨，参观延安城区柳林大队，采访北京插队知识青年，并就他们的学习、劳动、生活等方面情况进行座谈。外国记者对发生在中国大地上的这种新鲜事，感到非常惊奇。

是月 延长县委决定，北京知青柏铮任安沟公社革委会副主任。

7月3日至5日 延安地区革委会召开安置工作座谈会，听取富县钳二公社姚家塬大队、延安县梁村公社、安塞县招安公社对插队知青进行思想和政治路线教育的经验介绍，集中讨论对插队知青进行思想和政治路线教育、赴京汇报等问题。

7月13日至28日 延安地区革委会组织人员参加国家计委劳动局在扬州、上海举行的城市联合农村对下乡知识青年进行再教育经验交流会。参观学习期间，国家计委顾洪章和陕西省安置办副主任唐军对上山下乡工作提出具体意见，要求延安地区要研究城市如何配合农村对知识青年进行再教育的问题；对知青中国家领导人的子女要重点加强教育工作；在南泥湾、井家湾、大庄河等知识青年小组中培养一批典型小组。

7月15日 据地委知青办统计，延安地区知青中已有133人加入中国共产党，1086人加入共青团，7000多人被评为活学活用毛泽东思想积极分子，200人担任大队、生产队基层干部，1200多人担任赤脚医生和民办中、小学教师，还有6440多人被输送到工商业战线，310人参加中国人民解放军，10人被保送上大学学习。

7月至8月 延安地区革委会下放办利用暑期组织宜君、黄陵、洛川、富县、黄龙、宜川、甘泉7县6000余名插队北京知青徒步赴延安参观学习，开展革命传统教育活动。

8月8日 延安地区革委会决定，成立延安地区北京插队知识青年赴京学习汇报团,副专员刘舒昌任团长,于1971年10月上旬赴首都北京学习汇报。

8月17日 延安地区革委会下放办转发《宜川县在北京插队知识青年中进行思想和政治路线方面教育的情况报告》,要求各县(区)也要狠抓插队知识青年的路线教育,以宜川县的"五个狠抓"和"三为主"为榜样,继续巩固提高再教育的成果。("五个狠抓":狠抓思想,提高对路线教育的认识;狠抓认真读书学习,掌握批修整风武器;狠抓忆、比教育,提高阶级觉悟;狠抓革命大批判;狠抓思想革命化和组织革命化。"三为主":自我教育为主、正面教育为主、普遍教育为主。)

9月12日 延安地区革委会召开《知识青年在延安》(第一集)编写总结会,该书收录散文、特写、报告文学、日记、书信25篇,诗歌10首,约10万字。自6月开始编辑,到8月25日完稿。

9月15日 据地委知青办统计,延安地区有插队知青24800多名,其中北京插队青年15600多名,本地插队青年2000多名,返乡青年7200多名。

是月 《知识青年在延安》(第一集)由陕西人民出版社出版发行。

10月26日至1972年1月31日 延安地区革委会组织北京插队知识青年赴京学习汇报团赴京汇报插队工作。汇报团由115人组成,下设汇报、演出、展出、家访和秘书等5个组,11月11日到达北京,受到北京市革委会和首都人民的热烈欢迎。11月17日,北京市革委会在北京展览馆召开近3000人的欢迎大会;12月17日,北京市委领导吴德、丁国钰和有关部门负责人到驻地看望延安地区北京知识青年赴京学习汇报团的全体成员。汇报团先后在北京、西安、宝鸡等地开展了3个月的学习汇报活动，共开汇报会208场，听众达24.2万多人。召开36次座谈会，访问62位知识青年和赴延干部家庭，有404名知青家长参加，直接宣传面达到36.6万人以上。同时，还在首都等地参观工厂、农村。31日回到延安。学习汇报团在北京和西安活动期间，新华社、人民日报、中央人民广播电台、北京电视台、陕西日报、陕西省电视台等全国的诸多媒体都刊登和播发学习汇报团的消息、通讯、诗歌、文章。全国许多报纸都转发了新华社的长篇通讯《在延安的土地上茁壮成长》，北京电视台播放北京知识青年在延安的31幅照片和3个知识青年的电视讲话，省电视台专门播放欢迎学习汇报团赴京归来的电视节目。

是月 延安地委举办的上山下乡人员活学活用毛泽东思想先进事迹展览在宜君展出。

12月5日 延川县委常委会研究，批准蔡玉珠等60名北京知识青年从1972年12月5日起转为国家正式干部。

12月6日 延安地委印发《关于选调农村青年积极分子参加毛泽东思想宣传队问题的通知》，决定在北京插队知青、本地回乡知青和青年社员中，选调1400名积极分子参加毛泽东思想宣传队，参加整顿社、队领导班子的工作。

12月23日 延安地区革委会向各插队知识青年小组和下放干部小组印发《赵家沟在巨变》，宣传北京下放干部于梅生和16位北京知青带领延安县青化砭公社赵家沟大队社员修田打坝、植树造林、发展养殖业等建设社会主义新农村的事迹。

1971年至1972年9月 外国友人和华侨到延安了解知识青年上山下乡情况。外国友人有菲律宾学联、美国《前卫》周刊主编杰克·史密斯以及日本文化界代表团等；华侨有印尼张成德、美国保卫钓鱼台代表团团员余咏宇（女）、美籍华人维克托·倪、加拿大谢培智等。

是年 延安地区革委会在下放干部和知识青年中开展"三批一清"（批判极"左"思潮、批判资产阶级派性、批判无政府主义；清除"5·16"分子）教育活动。

▲ 甘泉县知青办从政工组分出，归县计委管理。

▲ 北京知青史铁生患重病返回北京。

1972 年

1月6日至8日 延安地区插队知青赴京学习汇报团参观山西省昔阳县的石坪、大寨、武家坪、原庄等先进大队和单位，受到山西省委副书记兼大寨村党支部书记陈永贵接见。

1月13日 陕西省委第一书记李瑞山，书记胡炜、黄经耀，副书记吴桂贤等接见延安地区插队知青赴京学习汇报团成员，听取汇报团工作汇报并观看演出，安排汇报团到宝鸡、咸阳、铜川等地进行学习汇报。

2月11日至13日 延安地区插队知青学习汇报团完成赴京学习汇报后，又组织汇报团成员分五组到各县对知青及离退休老干部、下放干部、下乡居民进行宣传汇报和慰问。2月11日至13日在宜君县进行慰问演出。

是月 志丹县北京插队知青张文娟进入山东大学学习。

3月 洛川县"下放办公室"正式改名为"知识青年上山下乡办公室"。

5月2日 延安地区革委会转发《延长县郑庄公社兰窑科大队知识青年小组倡议书》，要求各县（市）注意发现和培养

"扎根农村干革命，一生交给党安排"的先进典型，及时总结他们的经验，宣传他们的新成绩。

5月21日 延安地区革委会决定在全区下乡知识青年中开展向侯隽同志学习的活动（侯隽是北京良乡中学高中毕业生，1962年离开北京到河北省宝坻县窦家桥大队安家落户）。

6月14日 延安地区革委会转发《延川县关庄公社再教育小组关于举办下乡知识青年路线教育学习班的情况简报》，要求各县（市）下放办、公社再教育领导小组，根据下乡知识青年当前的思想实际，集中5—7天的时间，举办下乡知识青年路线教育学习班。

6月9日至13日 宜君县召开再教育工作座谈会。各公社主管再教育工作的负责人、北京干部驻社代表、兼管再教育工作负责人、地方插队工作干部代表、贫下中农代表和知青小组代表共50余人参加会议。

7月10日至8月4日 延长县交口、安沟、刘家河、张家滩、郑庄、黑家堡、郭旗等公社分期分批对北京知青举办路线教育学习班。

7月12日 共青团延安县委作出开展向麻洞川公社南沟生产队民兵连长纪生海，北京插队知识青年孙翠华、阎敬生，回乡知识青年张春喜、贾海生学习的决定。

7月22日 富县革委会政工组下放分配小组《关于清理安置经费的报告》反映：1968年至1971年地区下拨富县安置经费共83.2万元。全县为知青建房屋1362间（孔）。

是月 宜君县根据延安地区革委会指示，组织各公社分别举办为期一周的北京知识青年路线教育学习班，学习毛主席

《青年运动的方向》、《在延安文艺座谈会上的讲话》等著作和中央有关文件等。

8月8日 延安地区革委会向省革委会请示,延川县革委会下放办要求选送关庄公社关庄大队北京插队知识青年赤脚医生孙立哲、杨柳青去西安医学院进修学习。戴洁声主任批示要求省上与西安医学院联系,同意进修一段时间。

9月4日 北京知青孙立哲加入中国共产党。

9月16日至18日 延川县插队知青科学实验经验交流现场会在冯家坪公社段家圪塔大队召开。参加会议的有各知识青年小组代表60人,北京支延干部和地、县、社知识青年专干38人参加会议,延安地区革委会政工组副组长、北京干部驻地区代表孙乃东参加会议并讲话。

11月28日 延安地区革委会政工组印发《关于当前下乡知识青年工作的意见》,《意见》指出,延安地区将有数千名知识青年参军、进厂及选拔为基层干部和小学教师,但仍有数千名下乡知识青年要留在农村继续接受再教育。要求各级部门要加强领导,做好招工中和招收后的思想工作和组织工作,加强路线教育,全面贯彻毛主席的革命路线和有关政策,坚持上山下乡的大方向。

12月30日 据地委知青办统计,截至年底,全区共接收插队知青3万余人,其中北京知青26230名。北京知青中270多人加入中国共产党,2900多人加入共青团,41人进入公社领导班子,4人被选为县委委员,1人被选为延安地委委员和全国四届人大代表,有447人选拔为脱产干部,2300多人担任大队一级干部。从1970年以来,招工14760人,参军670人,推荐上大学660人，因病残和家庭困难退回北京1300余人，转外地插队3000人，死亡40人，依法逮捕153人。目前留在农村的北京知青有4496人，内有700余人长期居住北京。全区还有500余人因病申请回京治疗，70多人因公致残。

是年 北京插队知青已婚200名，其中知青间相互结婚135名，和当地社员结婚65名。

▲ 延川县冯家坪公社聂家坪大队北京知青在北京支延干部带动下，和贫下中农一起引进北京青、白口大白菜，象牙白萝卜、灯笼椒、七叶茄等优良蔬菜品种，采用优良培育种植技术，被誉为延川的"四季青"。

▲ 宜川县云岩镇北塬村以知青为主的科学实验小组，搞条播小麦试验，亩产突破400斤，成为全县塬区小麦产量最高的田块。

▲ 宜川县委宣传部通讯组采写报道北京知青钱祖玄、钱民协（我国著名科学家钱三强的两个女儿）办养猪场、精心养猪的先进事迹在《光明日报》发表并在中央人民广播电台播出。

▲ 截至年底，延川县关庄公社关家庄队的北京知青孙立哲等3名插队青年组成的合作医疗站，每天接待四五十名病人，最多达到100多人。他们用简易的手术器械在土窑洞里为群众做手术千余次，其中关节离断、乳房瘤切除、胃穿孔修补等较大手术100余次，受到当地群众的赞扬。

1973 年

1月23日至2月6日 志丹县委、县革委会组成两个慰问下乡知识青年小组,赴各个公社知青点开展慰问活动。

2月22日至3月5日 应北京市革委会的邀请,陕西省派出延安地区北京插队知识青年代表团一行19人参加北京市召开的知识青年座谈会。代表团由延安地委常委孙乃东带队,省革委会下放办负责人杨培昌,地区下放办李南、惠先凯随同前往。北京知青孙立哲、朱军利等应邀参加座谈会。会议主要目的是,总结经验,征求意见,改进知青工作。北京市委领导吴德、吴忠、丁国钰、谢静宜等接见延安代表团成员。陕西省代表孙立哲在座谈会上发言。

3月4日 延川县委决定,北京知青蔡玉珠任延川县妇联副主任。

是月 延长县委决定,北京知青董敬东任黑家堡公社革委会副主任。

5月21日 1200名北京支延干部离队另行安排工作。为更好地管理教育北京知青,中共延安地委印发《关于北京支延干部调动后继续做好插队知青工作的通知》。

5月28日 经延安地区批准，在甘泉县工作的55名北京干部中33人回北京，22人自愿继续留在延安、甘泉，其中17名留在甘泉继续工作。

是月 延安地区革委会召开各县北京干部代表、下放部门负责同志座谈会。地委副书记邵武轩、北京市委工作组组长白孟祥就北京支延干部三年来的工作成绩和如何贯彻中央首长关于"要做留下的工作"的指示分别讲话。

▲ 国务院检查组到延安地区检查知青工作。

6月9日至10日 周恩来总理陪同越南党政代表团访问延安。在凤凰山接见北京在延安插队知青代表。

7月3日 国务院决定全国中等专业学校、技工学校开始招生。招生对象是有一定经验、具有初中文化程度、20岁以内的青年职工、退伍军人、民办教师、赤脚医生、上山下乡知识青年以及应届初中毕业生。这是"文化大革命"以来停办中专、技校后的第一次招生。

夏秋之际 志丹县第一支少年足球队诞生，队员16名（来自县城及周边农村小学十一二岁的小学生），北京知青张小建任教练。

8月3日 国务院知识青年工作调查组对延安知青上山下乡情况进行调查，形成《关于延安地区知识青年工作点上情况的调查报告》。

8月14日 北京知青孙立哲、丁爱笛应邀参加陕西省知识青年上山下乡工作会议。

是月 北京知青习近平被抽调到延川县冯家坪公社赵家河

大队进行路线教育。

▲ 延长县委决定，北京知青董敬东任延长县妇联副主任。

9月19日 延安地区革委会制定《延安地区一九七三年到一九八零年知识青年上山下乡规划（草案）》，规划对各县（市）和外地来延下乡知识青年的安排、培训形式作出部署。

9月25日至29日 延安地区革委会召开延安地区直属单位知识青年上山下乡工作会议，会议传达中央和省委知识青年上山下乡工作会议精神，就深入贯彻中央〔1973〕30号文件精神、进一步做好全区知识青年上山下乡工作作出安排。120名代表参加会议。

是月 陕西省革委会下放分配领导小组办公室给宜君县各知识青年小组分发一批"下乡知识青年大有作为"丛书，包括《扎根农村大有可为》、《改天换地新一代》、《科学种田夺高产》、《科研新花遍山村》、《为革命当好赤脚医生》等书籍。

10月1日 延安地委决定成立地委知识青年上山下乡工作领导小组，邵武轩任组长，黄明吾、孙乃东任副组长。将原地区下放办更名为"中共延安地委知识青年上山下乡工作领导小组办公室"（简称"知识青年上山下乡办公室"）。并要求各县（市）委和有插队知识青年的公社党委都要成立相应的知识青年上山下乡工作领导小组。

10月4日 延川县委决定，北京知青陶海粟任共青团延川县委书记，孟霞任禹居公社党委副书记，孙立哲任关庄公社党委副书记（不脱产）。

10月11日 北京市革委会知识青年上山下乡办函告各省

（区）知识青年上山下乡办、生产建设兵团司令部，从 1973 年 11 月 1 日起，对北京市下乡知青因家庭发生特殊困难和患严重慢性疾病、失去劳动能力、必须回京落户的，改由北京市各区（县）革委会知识青年上山下乡办公室办理。

▲ 根据省委和地委的要求，由知青办、团地委和妇联等部门组成的知青工作检查团，对各县（市）传达贯彻知识青年上山下乡工作会议精神的情况进行检查，检查团由孙乃东、张志清、李南带队。

10 月 12 日 延安地区下放分配领导小组办公室更名为"中共延安地委知识青年上山下乡工作领导小组办公室"（简称"知青办"），即日起启用新章。

10 月 23 日 延长下放安置办公室更名为"中共延长县委知识青年上山下乡工作领导小组办公室"（简称"知青办"）。

是月 北京知青张革放弃工厂工作，申请返回宜川县后峪沟生产队。

11 月 5 日 "中共延川县委员会知识青年上山下乡领导小组办公室"印章启用，原"延川县革命委员会下放分配办公室"印章同时作废。

11 月 6 日 安塞县革委会下放安置办公室更名为"中共安塞县委知识青年上山下乡工作领导小组办公室"（简称"知青办"），同时启用新章。

11 月 24 日 北京市知青办决定将审批北京知青病退手续自 1973 年 12 月 1 日起，改为由各县（市）知青办直接与北京市各区知青办联系办理。

11 月 28 日 延安地委印发《关于进一步认真做好动员和

安排城镇知识青年上山下乡的通知》。

▲ "宜君县革命委员会政工组下放分配办公室"改为"中共宜君县委知识青年上山下乡领导小组办公室"（简称"知青办"）。

▲ 延安南片北京慰问团再次来黄龙县慰问，给知青赠送生产机械及生活用品。

12月6日 延安市委决定成立延安市委知识青年上山下乡领导小组和办事机构，从1973年12月启用"中共延安市委员会知识青年上山下乡办公室"印章。

12月17日 黄陵县安置办改为"中共黄陵县委知识青年上山下乡领导小组办公室"，简称"知青办"。

12月26日至次年2月 宜君县组成赴京慰问团前往北京崇文区、丰台区、宣武区等对在宜君的北京插队知青家庭进行为期两个月的走访、慰问、宣传、动员。

是年 据统计，从1969年至1973年，全区下乡知识青年中共有党员408人，团员4587人，参加各级领导班子1622人，当选各级先进人物代表4143人，赤脚医生385人，民办教师1010人，病残丧失劳动力797人，迁入172人，招工15672人，升学1067人，参军612人，提干578人，转出6404人，依法逮捕163人，死亡48人。

▲ 志丹县少年足球队参加延安地区少年足球邀请赛，荣获亚军，赢得志丹县足球史上第一个好成绩，北京知青张小建被称为"志丹足球之父"。

▲ 志丹县双河公社向阳沟大队北京知青张小建带领群众大干农田基建，164亩耕地上《纲要》，受到县上嘉奖。

1974 年

1月10日 经延川县文安驿公社党委批准,北京知青习近平为中共党员并任梁家河大队党支部书记。

是月 延长县委决定,北京知青李延风(女)任安河公社革委会副主任,杨朝飞任郑庄公社革委会副主任。

2月16日 延川县委决定,北京知青蔡玉珠任马家河公社党委书记、革委会主任。

3月27日 北京市一零一中高中毕业生张得林、刘美娟、蔡玲等7名应届毕业生向北京知识青年上山下乡办公室负责同志致信,"积极响应党的号召,坚决要求去革命圣地延安插队落户"。

4月12日 延川县委决定,北京知青邢孟兰任南河公社革委会副主任,北京知青刘淑敏任文安驿公社党委副书记,北京知青杨永兰任城关公社党委副书记,北京知青詹秀英任张家河公社党委副书记,北京知青王风荣任贺家湾公社党委副书记。

4月24日至26日 宜川县委召开知识青年工作会议,传达国务院、省委、地委知识青年上山下乡工作会议精神,学习毛泽东给李庆霖的复信等文件，总结 1968 年以来知识青年上山下乡工作，安排部署下一阶段知青工作。

4月25日 北京市委部分负责同志在市委大楼第三会议室接见北京市赴延安插队知识青年。

4月27日至29日 27日，首都群众欢送北京知青去延安插队，北京市知青办负责人李保全等三人专程陪送。途经西安时，省知青办副主任唐军及数千名群众前去迎接。29日晚，省委常委、革委会副主任章泽及陕西省、西安市有关方面负责人在人民大厦为赴延知青举办茶话会。

是月 延安地区全面开展批林批孔运动。据统计，全区培训知青批林批孔骨干760人，办大批判专栏290期，召开批判会400多次。北京知青除部分回京探亲人员外，约4500余人参加运动。

5月1日 第二批北京知青44人来延安插队落户，同来的还有16名西安知青。地、县、市党政军主要领导同志前往欢迎并在延河饭店召开座谈会。

▲ "中共延安地委知识青年上山下乡领导小组"印章启用，原"中共延安地委知识青年上山下乡领导小组办公室"印章同时作废。

▲ 31名北京知青分配到延安市插队。

5月3日 延安地委决定，北京知青蔡玉珠任中共延川县委常委、延川县革命委员会副主任。

6月1日 洛川县杨舒公社姚村第二生产队北京知青小组办起村上有史以来第一个幼儿园。

6月20日 延川县委决定，北京知青陶海粟任张家河公社党委书记，北京知青孟霞任团县委书记。

6月24日 "中共延长县委知识青年上山下乡领导小组"印章启用，"中共延长县委知识青年上山下乡领导小组办公室"印章同时作废。

7月18日 延安地委决定，北京知青孙立哲任延川县革命委员会副主任、延安地区卫生局副局长（不脱产）。

8月16日 国务院副总理李先念看到《人民日报》第2439期《情况汇编》刊登"赤脚医生孙立哲目前的处境"一文，作出批示。

8月21日 孙立哲参加中国青年妇女代表团，出访刚果。

8月23日 延川县委知青办印发《关于在知识青年点大办沼气的通知》，表扬习近平、袁丁雄、朱珍珍、吴晓林等办沼气积极分子。

8月24日至25日 延安地委知青办在富县招待所召开全区知青上山下乡工作会议，传达学习株州市厂社挂钩工作经验，参观学习富县北河青年农场，总结交流全区集体安排知青工作情况，讨论安置经费使用和北京市支援北京知青物资分配问题。25日，富县县委副书记李宏义在会上介绍了富县开办北河青年农场的工作经验。

8月31日 北京市无偿支援延安地区北京知青点车辆6部，其中130卡车2部、三轮摩托车4部。另有，半导体收音机110台、缝纫机40台、台钻3台、保健箱40个、图书24000多册。随后还陆续无偿支援农用、医疗、文化等物资。

9月15日 志丹县双河公社向阳沟大队张小建、徐告平、王林云等6名北京插队知青向教育部、省委、宣传部写信要求参加短训班和函授教育，希望能有更多的学习机会。

10月6日至27日 延安地委知青办举办知青骨干读书班。

10月19日至25日 延川县召开卫生工作会议，要求开展向北京知青、赤脚医生孙立哲学习的活动。

10月中旬 北京市派出慰问团赴洛川县检查指导工作，慰问12个公社22个大队，走访35户，召开座谈会18次，慰问北京插队青年181人，看望县级各单位参加工作的原北京插队青年89人，放映电影5场，观众达6000余人。

10月22日至12月9日 北京市慰问知青代表团来延安慰问北京知青。慰问活动持续一个多月，先后走访有北京知青的13个县（市）111个公社231个大队，召开慰问大会36次，社队干部、贫下中农座谈会137次，知青座谈会163次，慰问知青1537人，放映电影55场。12月初，慰问团返回延安，地委召开专门会议，听取慰问团情况报告。12月中旬，慰问团向省委汇报工作后返回北京。

是月 延长县委决定，北京知青杨朝飞任城关公社书记，北京知青李玉林任张家滩公社革委会副主任，北京知青李连元任共青团延长县委书记。

11月10日 延川县委决定，北京知青王风荣任延川县妇联副主任。

是月 延长县委决定，北京知青邵明路任交口公社党委书记。

12月 延安地区召开先进青年代表大会，北京知青习近平、孙立哲、丁爱笛等作为先进代表参加会议。延川县文安驿公社梁家河大队习近平、延川县关庄公社关家庄大队孙立哲和张家河大队丁爱笛、宜川县寿峰公社后峪沟大队张革等21人被树立为知青扎根农村大有作为先进典型。

1975 年

1月23日 延安地委知青办要求对下乡知青档案实行统一管理。档案在单位的由单位管理,知识青年下乡后统一由下乡知青所在县(市)知青办管理。

1月26日至28日 延川县召开知识青年上山下乡工作会议。梁家河大队习近平、高家沟大队王彦彬、关家庄大队朱珍珍等北京知青代表出席会议。

1月27日 延安市委用5天时间,对5个农村公社81个大队147个生产小队的1206名北京知青进行慰问。

2月3日 延川县委决定,北京知青丁爱笛任关庄公社党委副书记(不脱产)。

2月14日 原宜川县新市河公社太原大队北京知青、现北京师范学院中文系工农兵学员刘丹华给宜川县知青办负责人写信,请求大学毕业后重回生产队插队落户,当新型农民。

2月26日 延安县委召开知识青年上山下乡工作会。

3月1日 延安地委知青办印发《关于知识青年上山下乡工作中几个具体政策问题的试行意见》,《意见》涉及城镇知识青年的动员范围、批准免下子女的安排、已婚知识青年的住房等九个方面问题。

3月14日 延川县文安驿公社梁家河大队举办沼气学习班。北京知青习近平介绍四川省沼气化推广情况并传授新技术。（习近平自费到四川绵阳考察，回村后建起第一口沼气池。）

4月20日 黄陵县委召开全县上山下乡知识青年农业学大寨先进代表大会。

4月22日 北京市58名自愿来延安插队落户的知青到达延安，受到延安人民的欢迎。

5月5日 延安人民欢送圆满完成支援延安建设任务的400多名北京干部返回北京。

5月15日 延长县召开上山下乡知识青年农业学大寨先进代表大会，60名知青代表参加会议。

5月26日至30日 延川县召开第三届上山下乡知识青年积极分子代表会议。出席大会共114人，其中插队知青代表70人，回乡知青代表15人。贺鸣在开幕式作专题讲话。29日，延川县委副书记张秀春在会上作《认真学习无产阶级专政理论，坚持乡村干革命，争当限制资产阶级法权，缩小三大差别的促进派》讲话。会议推选习近平、孙立哲、丁爱笛等25人出席延安地区积代会。

5月27日 北京市革委会知青办函告延安地委知青办支援北京知青物资计划。主要有车辆、文体用品、农用机械、医药等物资。

6月3日 延安地委知青领导小组向各县知青办转发《志

丹县双河公社向阳沟知识青年小组给县委领导的一封信》。

6月5日至7日 富县召开第三届上山下乡知识青年农业学大寨先进代表大会，出席会议代表共100名，其中插队知青代表80名。地委知青办主任李南等出席会议。

6月7日 北京大学中文系文学专业七二级创作班学员高红十赴延安市南泥湾公社插队。（高红十1969年1月赴陕西省延长县黑家堡公社插队，1972年考入北京大学中文系文学专业，毕业之际，她给延安地委领导写信，要求毕业后返回延安。）

6月10日至15日 宜川县召开上山下乡知识青年农业学大寨先进代表大会，48名知青先进集体代表出席会议。

6月12日 延川县委组织部决定，北京知青孙立哲兼任关庄公社合作医疗总站革命领导小组组长。

是月 北京知青温东方、童琨在甘泉王坪公社大庄河大队加入中国共产党，并分别担任大队党支部书记和生产队长职务。

7月15日至21日 延安地区召开知识青年上山下乡农业学大寨先进代表会议。全区共有408名代表参加会议，其中下乡知青代表357人，回乡知青代表16人。军分区政委李朝顺致开幕词，地委副书记冯怀亮致闭幕词，地委副书记邵武轩作报告，地委常委、革委会副主任刘舒昌作知青工作报告，全国知青好榜样侯隽到会讲话。与会代表向全区下乡和回乡知识青年发出《倡议书》。大会奖励6个先进集体和15名先进个人，表扬12个先进集体和14名先进个人，北京知青习近平、孙立哲、张革等受到表彰。

▲ 宜川县知青办复函北京师范学院革委会，同意原北京知青、后考入北京师范学院中文系的刘丹华毕业后继续来宜川插队落户。

8月2日 刘丹华到达延安，受到延安群众欢迎。

8月14日 延川县委任命北京知青刘淑敏为冯家坪公社党委副书记。

8月26日 北京市函告延安地委知青办，将第二批农用机械和车辆运往延安，支援延安的农业建设。

是月 延长县委决定，北京知青李连元任郭旗公社革委会副主任，北京知青杨敏川任共青团延长县委副书记、主持工作。

▲ 陕西省沼气现场会在延川县文安驿公社梁家河大队召开。

9月6日 据统计，截至当日，有69名北京知识青年和一些解放军复员战士、职工、大学毕业生自愿来延安地区务农。在农村的9000多名下乡知青中，已有248人入党、2590人入团，10人担任县、社干部，623人成为大队、生产队的领导骨干，300余人工作在农村教育、卫生战线。

9月12日 延安地委印发《关于认真开展上山下乡知识青年函授教育试点工作的通知》，从9月开始，在延安市、子长县、富县三县（市）开展为上山下乡知青举办函授教育试点工作。

9月15日 延安地委知青办下发文件，对下乡知青培养使用中的几个问题作出规定。首先，下乡没有参加过农业集体生产劳动，或参加农业生产劳动时间很短，通过不正当手段当民办教师、话务员和亦工亦农的营业员等，不能作为招工、招生、征兵、提干的对象。其次，在今后的招工、招生、提干时，要注意适当保留一些上山下乡知青中的骨干。

9月16日 延川县招生领导小组会议决定：推荐北京知青习近平到清华大学学习。

10月8日 延川县文安驿公社梁家河村全体村民欢送北京知青习近平离开延川赴清华大学学习。

是月 宜川县农业局、知青办在新市河公社西良村召开全县养猪现场会。（西良村猪场，由北京知青肖正元建议兴办。肖正元在北京下放干部和贫下中农的耐心帮助教育下，由后进变为先进，科学养猪，一年时间使队里生猪由5头发展到106头，使全队粮食总产由22万斤达到30多万斤。他先后出席县、地上山下乡知识青年农业学大寨先进代表大会。）

12月10日至12日 延安地委知青办在第二招待所召开部分下乡知青座谈会，省委知青办负责人出席指导会议，出席全国农业学大寨会议的陕西省知青代表戈卫来延安传达全国会议精神。北京插队知青孙立哲、张革、丁爱笛和回乡知青代表参加座谈会。

12月30日 据统计，延安市当年安置知青948名，其中北京知青21名，其他地方知青81名。

12月31日 宜川县本年安置下乡插队人数93人，其中北京知青21人。

是月 陕西省委知青办在延安召开知青和回乡知青座谈会。座谈会上，与会人员重新学习毛主席关于知识青年上山下乡的一系列重要指示，重温延安青年运动的光荣传统，回顾在农村锻炼成长的历程，交流坚持农村干革命的体会。

是年 据地委知青办统计，插队以来，知青中有 196 人入党，1976 人入团，7 人担任县、社不脱产干部，455 人成为大队、生产队领导骨干，590 人活跃在农村教育、卫生战线。出席各县、市上山下乡知识青年积代会 805 人，出席地区积代会 357 人，出席省积代会 67 人。在地区积代会中，受到奖励和表扬的先进集体 14 个，先进个人 27 名。

▲ 时任安塞县团委书记的梁雅琦，成为安塞县第一个领取独生子女证的人。

▲ 第三批来志丹北京知青 15 人，与第二批来志丹知青一起安置。

▲ 有 10 名北京知青来延长插队。

▲ 北京知青薛小玲、陈建中等 17 人高中毕业后，自愿到宜川插队。

▲ 宜川寿峰公社后峪沟生产队北京知青小组，在队长张革的带领下，与全村的村民一起，大干苦干加巧干，全队该年总产粮食 18 万多斤，提前两年翻了番。

1976 年

1月20日至26日 陕西省委在西安召开陕西省上山下乡知识青年农业学大寨积极分子代表会议。会议表彰下乡和回乡知青农业学大寨先进集体和先进个人。延安市枣园公社枣园大队知青小组、富县直罗公社北河知青农场、宜川县新市河公社西良大队支部委员会、延安地区商业局铜川转运站4个先进集体以及延川县关庄公社关家庄大队知青孙立哲、宜川县寿峰公社东方红大队后峪沟生产队知青张革、延安市南泥湾公社马坊大队下乡知青张秀清（女）等7名先进个人受到表彰。

2月5日 北京市花园村中学应届高中毕业生黄延（女）给吴旗县委写信，要求到延安地区吴旗县插队落户。

2月13日 北京市革委员会知青办向陕西省知青办来函：希望将来陕插队的北京知青档案进行一次清理。凡是北京知青的家长"文化大革命"以来受过审查，经落实政策，没有正式作出结论或原档案中的证明材料填写混乱和错误的，可直接向知青家长单位调函；凡是通过调查，已给予正式组织结论材料的，希将原来档案中的证明材料退回原单位予以销毁。

2月18日 共青团延安地委发出通知，要求全区团员、青年同志，认真学习陕西省上山下乡知识青年农业学大寨积极分子代表会议全体代表《给伟大领袖毛主席的一封信》。

2月19日 黄陵县决定，全县开展向李小京同志学习的活动（李小京是1969年来延安插队的北京知青，1972年进入清华大学学习，毕业后主动要求回到黄陵县隆坊公社李家章大队当农民）。

2月24日 延安地委知青办决定编辑出版《知识青年在延安》（第三集）。

3月6日 延安地委常委会议研究决定：城镇居民下放工作由民政局负责，知青办应将城镇居民下放工作业务移交民政局。

3月23日至27日 延川县召开知青工作座谈会。

3月29日至4月2日 北京、咸阳一批应届中学毕业生志愿来延安插队落户。这次来延插队的知青共有114人，其中北京知青104人。

4月5日 甘泉县举行欢迎仪式，迎接北京军政大学卫生员陈虹来甘泉插队。当晚，县委在影剧院举办欢迎大会。随后几天，县委举办陈虹先进事迹报告会。10日上午，陈虹到王坪公社大庄河生产大队安家落户。

4月19日 北京市委赠给在延安插队的北京知青一批图书。

是月 有14名北京知青赴延长插队。

5月20日 北京市知青办无偿支援延安地委知青办乐器箱和锣鼓箱各70套。

6月19日至29日　国务院陕西调查组由董家耕和中组部苗风林带队来延安地区检查工作。调查组先后在延川、延长、宜川等县的14个公社41个大队进行调查，并专题研究剖析秦世超破坏插队案，慰问南沟案受害者的家属。29日，延安地委召开常委会，与调查组成员进行座谈。

7月5日　延安地委召开各县县委书记会议，地委常委、知青领导小组副组长刘舒昌就知识青年上山下乡工作作专题发言。座谈会讨论和分析延安地区知青工作的形势和存在的问题，提出改进工作的具体意见。新华社记者和《陕西日报》记者列席座谈会。

7月7日　据地委知青办统计，延安地区共接收北京插队知青26486人，其中招工16273人，招生1255人，困退751人，病退3987人，转其他地区插队1728人，提干715人。

7月17日　延安地委知青办印发《关于加强对下乡知识青年进行安全教育的通报》，要求针对近期发生的知识青年死亡、重伤等事故开展宣传教育工作，确保知青安全健康成长。

7月20日　北京市第二毛纺厂医疗室五官科医生铁振海，自愿到吴旗县铁边城公社铁边城生产队插队落户。

是月　原在延长插队的北京知青沈抗，1972年招工走后，于1976年7月申请重返农村当农民。

8月25日　延安地委研究决定，对地委知识青年上山下乡领导小组进行调整充实，由邵武轩、刘舒昌、张秀清（女）、蔡玉珠（女）、冯振华、毛生铣、申易、李彬、王祖培、常德兴、黄凯、戴洁生、王平、李怀德、王惠莲（女）、白文彩、胡瑾（女）、陈治中、张效骞、师锐、李南、张革、于天林、鲁伯江 24 人组成。邵武轩任组长，刘舒昌、张秀清（女）、蔡玉珠（女）任副组长。

8 月 29 日 延川县委决定，北京知青段平生任城关公社革委会副主任，北京知青杨永兰任县委知青办副主任。

9 月 3 日 延安地区召开全区知识青年农业学大寨经验交流会。69 名知识青年、13 名各县知青办负责人等参加会议。会议学习了中共中央文件，交流扎根农村学大寨的经验体会。

10 月 12 日至 14 日 吴旗县召开上山下乡知识青年农业学大寨经验交流大会，北京知青铁振海、张加强出席会议并发言。

10 月 29 日 延安地委知青领导小组召开会议，听取知青办工作汇报，分析形势，讨论当前工作。地委常委、知青领导小组副组长刘舒昌主持，地委副书记、知青领导小组组长邵武轩讲话。

11 月 4 日 延安地委决定，北京知青赵红梅任延川县妇联主任。

是月 黄陵县委决定，北京知青何宁任县公安局副局长。

11 月至 12 月初 延安地委知青办举办为期 40 天的知青骨干理论学习班，全区约 100 余人参加学习。

是年 延安市知青办创办的刊物《延安新人》出刊 6 期，延川县知青办编印知青作品集《山花朵朵》。

▲ 地委知青办对下乡知识青年成长变化情况进行统计：目前有党员 212 人，团员 1212 人，参加各级领导班子 334 人，出席各级先进人物代表会议 438 人，赤脚医生 83 人，民办教

❖ 1976年

师280人，病残丧失劳动力76人，迁入80人，招工307人，升学74人，参军105人，转出419人，逮捕1人，死亡5人，复原回队9人，离队回队47人。

1977 年

1 月 中旬，延安地委召开全区知识青年上山下乡工作会议。会议主要内容是有关批判"四人帮"的一系列重要指示，总结交流一年来学习推广株洲市厂社挂钩集体安置知识青年的经验，讨论如何更好地组织知识青年上山下乡、开展农业学大寨运动。会议还总结推广各县知青点建设的经验，制定了全区知青点的规划和建设纲要。

3 月 22 日 陕西省财政局、省知青领导小组办印发《关于修订知青下乡经费标准的通知》。全省今后城镇知识青年下乡插队不分本县与跨县，统一按 500 元执行，到生产建设兵团和国营农场的下乡知青，每人仍按 400 元的标准执行。从 1977 年 1 月 1 日起执行。

3 月 25 日 长庆油田第一指挥部作出《关于同意赵怀军同志要求辞退重返农村的决定》。北京知青赵怀军原在富县直罗公社插队，1976 年 1 月经富县计委推荐被分配到 1003 钻井队当学徒，一年后，本人要求重返直罗公社插队，经与富县计委协商同意赵怀军重返农村。

4月24日至5月15日 陕西省知识青年学习《毛泽东选集》学习班在延安市举办,来自全省96个县、市农村基层干部共计108人参加学习班。

6月19日至22日 延安地委知青办召开各县知青办主任会议,听取各县知青办当前工作汇报,部署今后知青工作。地委知青领导小组副组长蔡玉珠主持会议。

7月6日 延安发生特大洪灾,安塞、延安、延长受灾严重,不少知青窑洞垮塌,衣物、口粮等被洪水冲走。

9月19日至10月7日 延安地委知青办举办延安地区知青学习十一大文件学习班。14个县市76名知青组长、理论骨干和队干部参加学习。

12月16日 宜君五里镇公社农林场插队的4名北京男知青杜保国、侯汉昌、薛长林、张基顺在宿舍燃煤取暖,引起严重煤气中毒死亡。

12月21日 延安地、市知青办举办纪念毛主席"12·21"指示发表9周年座谈会,张革、蔡建新、李兵等知青代表在会上发言。

是年 据地委知青办统计,全区知青死亡人数17名。

▲ 据地委知青办统计,截至年底,全区实有在农村的知青7432人,当年安置1984人,其中北京知青26人。

是年 有12名北京知青赴安塞插队。

1978 年

1月1日 《知识青年上山下乡经费会计制度》（试行本）即日起试行。

2月 延长县委决定，北京知青李连元任黑家堡公社革委会主任。

3月12日至16日 延安地委召开各县、市知青办主任会议，传达李先念、纪登奎、陈永贵等中央领导有关知青工作的重要指示和陕西省知青办主任座谈会精神。地委副书记、知青领导小组组长刘舒昌主持会议。

5月 国务院知青领导小组、教育部联合印发《关于积极组织今年报考高等学校的知识青年复习文化课的通知》，要求："知识青年所在的生产队、农场，应热情鼓励符合条件的知识青年报考高等学校，并积极组织他们复习功课，任何人不得歧视、压制。""应本着劳动、复习两不误的原则，每天应给他们安排一定时间，组织他们复习功课，任何单位不得借口农忙而不给考生安排复习时间。"

6月10日 陕西省委知青办印发《关于知识青年上山下乡

中几个具体政策问题的通知》。《通知》中对城镇动员知青的范围、免下留城、下乡知青的回城等六个具体问题作出政策解释。

7月 延长县召开第八届人民代表大会，北京知青牟颖、迟淑敏当选延长县革委会委员。

9月26日 陕西省委知青办、省高教局联合印发《关于一九七五、一九七六年自愿到农村当农民的高等学校毕业生重新分配工作的通知》：对于1975年、1976年自愿到农村当农民的高等学校毕业生，凡要求分配工作的，一般均予分配工作；分配由省根据工作需要和学用一致的原则，统一安排。

9月 据统计，从1968年开始到延安地区农村插队落户的知青共41182人，其中，北京知青26855人，南京知青34人，西安、铜川、咸阳等城市知青932人，下乡大学生11人，城市籍复转军人10人，下乡职工11人。已有2025人升学，21785人招工，983人参军。另有6178人病退、困退回城。目前在农村的知青共有7304人，其中北京知青436人，南京知青23人，西安、铜川、咸阳等城市知青698人，本地各城镇知青6388人，还有下乡大学生11人，城市籍复转军人8人，下乡职工8人。他们分布在全区14个县、市166个公社659个大队1062个生产队和26个社办农场。几年来，累计有1168人入党，11504人入团，2759人担任县、社、队各级领导职务。现在农村的知识青年中，有党员189人，团员3013人，担任县、社、队干部136人，担任赤脚医生、民办教师、拖拉机手387人。

10月14日 陕西省革委会出台《关于在厂矿、企业、机关、部队、学校农副业生产基地安置知识青年的试行意见》。

是月 中央决定统筹安排解决知青问题。

11月23日 延安地委组织部、知青办联合印发《为自愿来延插队的大学生、下乡职工及城镇复退军人安排工作的联合通知》。通知指出：高等院校毕业生自愿到农村当农民的，依照之前政策办理；除大学生外，下乡职工及城镇复原战士（包括干部），要求分配工作的，一般均予安排；工作由地区根据需要，结合本人具体情况统一安排。

12月12日 经延安地委同意，地委知青办在1979年元旦和春节期间对全区上山下乡知识青年进行一次普遍慰问。

是月 黄陵县人大任命北京知青何宁为县检察院副检察长。

是年 宜川县寿峰公社东方红大队桌里村北京知青张革被团中央命名为全国新长征突击手，并当选全国青联委员、陕西省青联常委。

1979 年

1 月 11 日至 15 日 延安地委召开知青工作会议。各县、市委主管知青工作的常委、知青办主任、团委书记、计委等有关部门负责人出席会议。会议传达中央文件、中央领导讲话和省委知青工作精神，总结十年来全区知青工作。地委常委、行署副专员阴汝平主持会议，地委副书记夏正言作总结发言。

1 月 15 日 据地委知青办统计，全区目前在农村的知青共有 6648 人。其中北京知青 190 人，南京、西安、铜川、咸阳知青 765 人，本地知青 5693 人；下乡大学生、复转军人、职工 27 人。

1 月 16 日 陕西省委向中央报告并向各地县印发参阅件《关于处理北京知识青年"还我原籍"活动情况报告》。（延安地区机械厂工人安宪忠等 6 名北京插队知青，于 1978 年 12 月 5 日上午在延安市中心街贴出倡议书，倡议全体在延安的北京知青向中央和北京市委请愿，要求集体返回北京，随后又组织安排"还我原籍"活动。经过延安地委认真细致的工作，妥善解决这一问题。）

2月19日 延安地委对知青领导小组成员进行调整。刘舒昌任组长，阴汝平、徐金山、赵光亚任副组长。

3月4日 延长县法院对1972年被定为现行反革命和散布反动言论罪判刑的北京知青王志强、王志雄、闫志成、王雄、辛双印、辛双泉、王维、唐振驹、彭宏文、朱大昌10人撤销原刑事判决书，宣告无罪释放。

3月14日 延安地委知青工作领导小组举行会议，听取知青办副主任高明池的工作汇报，讨论通过知青办关于1979年工作安排的意见，并着重讨论关于上山下乡知识青年的安置、管理、教育等问题，提出相应的解决措施。

5月16日至19日 黄龙县第四届妇女代表大会召开，北京知青刘意茹当选县妇联主任。

5月24日 陕西省委知青办转发国务院知青办《关于下乡知识青年因公致残，完全丧失劳动能力的由民政部门发给生活费、护理费问题的批复》和《关于为城市上山下乡知识青年办的知青农场、队及生产基地免税问题的通知》。

5月 中旬，延安地委副书记、知青工作领导小组组长刘舒昌带领考察团成员赴江苏、江西、湖南等省市考察，重点学习他们在安置知青方面的经验。

6月10日 安塞县气象站土火箭厂失火，10人烧伤，其中插队知青3人，1人伤情过重，抢救无效死亡。

6月16日 延安地区革委会向省委和国家领导人李先念、陈慕华、胡耀邦、王任重呈报《有关孙立哲同志的一些情况》。

7月11日 国务院知青办函告延安地委知青办，要求对史铁生因公患病致瘫回京后生活困难的情况调查核实后，按有关政策办理。

8月4日 延安地委知青办统计，全区目前共有北京知青86人。

8月5日 陕西省委知青领导小组办印发《关于处理下乡知青病退、困退回城有关问题的通知》。通知详细规定未婚、已婚和外省区下乡知青有关的病、困退回城的条件。

8月17日至29日 国务院知青领导小组在北京召开先进知青代表座谈会，邀请21个省、市、自治区的34名优秀知青代表参加。党和国家领导人华国锋、李先念、王震、胡耀邦、余秋里、王任重等在人民大会堂接见全体知青代表，并同他们进行座谈。全国青联委员、宜川县寿峰公社桌里大队党支部副书记、北京知青张革和延安地区卫生局原副局长、延川县革委会原副主任、关庄公社关庄大队北京知青孙立哲参加座谈会。

8月21日 省知青办、财政局联合发文，对为安置城市上山下乡知青而举办的知青农场、队和以城市上山下乡知青为主而举办的生产基地，自1979年至1985年间免交农业税。

10月16日 陕西省委知青办印发《关于铁道部第一工程局在陕知青顶替民工有关问题的通知》，确定铁一局850名民工指标中，300名指标分配到延安地区。

▲ 延安地委知青办主任赵亚光就延安地区知识青年上山下乡的一些政策规定回答记者提问。

10月16日至19日 延安地委召开知青工作会议，学习华国锋等中央领导同志在全国部分省、市、自治区上山下乡知识青年先进代表座谈会上的重要讲话。会议决定，全区除延安市外，其他13个县不再动员知青上山下乡。行署副专员阴汝平在会上讲话。

11月8日至11日　延川县举办知青学习班。

11月20日　陕西省财政局、知青办给延安地区知青办扶持生产资金15万元。

是年　延川县开办永坪、延川、文安驿、稍道河四个知青学校。

1980 年

1月5日 土金璋主持召开行署第一次专员办公会议,讨论延安市《关于枣园知青农场转为蔬菜场的报告》。会议决定枣园知青农场不转为蔬菜场。

4月18日 陕西省政府转发《省农业厅关于解决我省在国营农场的下乡知识青年家属到农场落户问题的报告》。《报告》对国营农场的下乡知青家属到农场落户问题提出具体的实施意见。

5月 宜川县召开第九次党代会,寿峰公社桌里大队党支部副书记、北京知青张革当选县委委员并被选为出席中共陕西省第六次代表大会代表。

6月7日 北京市政府知青办支援宜川县寿峰公社桌里大队小水电站工程建设经费10万元。

6月10日至13日 延安地委知青办召开全区知青安置工作会议,各县、市知青办主任等30余人参加会议。会议传达省知青安置工作会议精神,分析延安地区知青工作的现状和实际问题,研究今后知青工作的意见,并对在乡知青的管理工作、老知青的安置、知青经费和财产问题、今后知青下乡问题等提出具体解决办法。

7月16日 延川县常委会会议研究决定：延川县知识青年上山下乡领导小组办公室划属县革委会领导，归计委口，并启用新印章。

7月28日 延安地委常委会纪要（1980年第五号）决定，延安地区知识青年上山下乡领导小组办公室划归行署领导，归计委口，从即日起启用"延安地区知识青年上山下乡领导小组办公室"新印章，"中共延安地委知识青年上山下乡领导小组"印章和"中共延安地委知识青年上山下乡领导小组办公室"印章同时作废。

7月30日 "宜川县知识青年安置办公室"印章启用，"中共宜川县委知识青年上山下乡工作领导小组办公室"印章作废。

8月21日 省知青办印发《关于停止办理下乡转点的通知》。要求各地、市、县知青点，从1980年9月1日起一律不再办理省内地市与地市、县与县之间的知青转点，也不接收省外转来陕西插队、插场的知青。

9月5日 延安地区行署调整延安地区知识青年上山下乡领导小组成员，行署副专员徐金山任组长，计委副主任杨风阁、知青办副主任高明池、劳动局局长李保郝任副组长，有关部门负责同志共11人组成。

9月6日 经中央书记处讨论同意，国务院知青领导小组下发文件，在全国范围内不再搞"一刀切"上山下乡。同时，把工作重心转向妥善处理遗留问题和城镇就业上。

是月　北京知青张革等 5 名先进知青代表出席陕西省知青办在高陵召开的先进知青座谈会。会议印发了延安市枣园公社知青农场和宜川县寿峰公社桌里大队北京知青张革的先进事迹材料。

10 月 8 日至 10 日　延安地区知青办在延安召开各县、市知青办主任会议，传达省劳动就业会议和全省先进知青座谈会等会议精神，研究讨论在乡知青经费财产处理及对已婚老知青安置的问题。

是年　延安地区停止动员知青上山下乡。来延安插队的知青，通过招工、招干、上学、参军，大部分都离开延安。

▲　延安地区农村目前有知青 945 人，1974 年以前下乡的老知青 80 人，之后 865 人。

1981 年

1月8日至11日 延安地区知青办召开全区安置已婚老知青工作汇报座谈会，各县、市知青办主任、会计参加会议。会议传达省知青办安置老知青工作座谈会议精神，学习安康地区和安康县知青办以及宝鸡市渭滨区安置老知青工作的经验材料，研究对老知青的安置措施。知青办副主任高明池在座谈会上讲话。

1月11日 根据省、地有关精神通知，宜君县委常委会研究决定，宜君县委知识青年上山下乡领导小组改为宜君县知识青年上山下乡领导小组，县知青办从1981年1月起由县革委会领导。

是月 据统计，目前全区在乡知青945人，其中已婚老知青58人，已婚老知青中与农民结婚的33人。1978年以来，先后安置已婚老知青206人，这些老知青被分配在全民所有制单位67人，集体单位101人，病退回城33人，外转2人，自谋职业2人，在农村落户1人。

3月23日 延安地区行署决定，除延安市外，各县知青办一律增挂劳动局牌子（一套机构）。原属计委所管的劳动工资业务和人员，随即并入知青办。各县知青办，除管好插队知青和处理好知青工作遗留问题外，并要搞好劳动工资、安全生产、劳保福利和劳动就业等业务。

5月21日 宜君县知青办与劳动局合署办公，一套机构，两个牌子。

5月29日至31日 延安地区知青办召开全区动员下乡知青回城和搞好知青扫尾工作座谈会。各县、市知青办主任，地区劳动、公安、粮食等部门负责人参加会议。会议传达省劳动工作领导小组上山下乡知识青年安置工作会议精神，汇报研究下乡知青回城的安置措施及知青扫尾工作。

6月20日 延安地区行政公署印发《关于动员下乡知识青年转回城市的决定》。文件要求，凡目前在农村插队落户的知青应在秋收前办完手续，本省跨地区插队的，要在夏收前办完手续。在年内要通过各种渠道，全部予以妥善安置，安排正式就业。

▲ 据统计，延安地区目前有下乡知青763人，其中西安知青100人，铜川知青137人，北京知青49人（长期不归、下落不明30人）；落实政策承认为知青的77人，当地插队知青448人。

7月4日 延川县委常委会研究决定，成立延川县劳动局，和知青办合并，一套机构，两个牌子。

7月15日 甘泉县撤销"知识青年上山下乡办公室"。

8月24日 陕西省财政局、知青领导小组办印发《关于当前知青经费方面的几个通知》。对在知青工作收尾阶段中有关扶持生产资金、知青场队的财产处理、知青部门的财产移交、结余知青经费的移交等问题提出具体处理措施。

12月8日至10日 延安地区召开知青工作总结座谈会，传达省知青工作会议精神及有关领导讲话，学习国务院知青办关于25年知青工作的回顾与总结，对全区知青工作的一些遗留问题进行座谈。

12月18日 延安地区劳动局下达1981年全民所有制招工指标221人。要求招工指标首先用于安置符合条件的插队知青，其次安置年龄较大、家庭特别困难的待业青年。

12月21日 延安地区知青办印发《对北京知青张革的安置和有关问题座谈情况的纪要》。

12月30日 据延安地区知青办统计，14年来，延安地区先后共安置上山下乡知识青年共42147人。其中本地知青14119人，北京知青26855人，南京知青37人，西安知青171人，铜川知青618人，咸阳知青15人。铁道部第一工程局顶替民工300人，下乡大学生11人，城市籍复转军人10人，下乡职工11人。分别安置在延安地区14个县、市166个公社659个大队1062个生产队和26个知青农林场中。到目前为止，延安地区除北京知青张革一人仍在宜川县寿峰公社桌里大队后义沟生产队插队外，有2251人升学，1384人参军，1216人提干，31087人招工；有5856人病、困退回城；16人脱钩后在农村安家；还有213人被判刑，89名知青死亡，34人下落不明。全区知青先后有1357人入党，14517人入团，2895人曾担任县、社、队各级领导职务。全区知青中担任赤脚医生、民办教师、拖拉机手5500余人，被省、地、县表彰的先进分子1195人。北京市知青办还派来1248名带队干部具体负责管理知青的思想教育工作。

▲ 截至30日,北京市先后给延安地区支援212小车12辆,130载重车9辆,缝纫机40台,手扶拖拉机332台,柴油机、碾米机、磨面机等20多种农用机件1084台(件),架子车340辆,车胎3300余副,电线38000余米,书籍8万余册,保健箱40个,各种药品、医疗器械6711件种,乐器70箱。支援宜川县寿峰公社桌里大队由北京知青张革主办的水电站10万元。派出慰问团3次约200余人。

12月31日 宜君县知青工作及经费清理工作全部完结。档案全部移交县档案馆,知青工作至此结束。

年底 志丹县知青办撤销。

是年 14年来,国家先后拨给延安地区知青经费1554万元,其中1972年超拨25万元,1979年财政体制改革后上交30万元,均由省上收回,实拨延安地区经费1499万元,到1981年底为安置知青共开支经费1483.6万元,其中支付建房费892.9万元,生活补助费487.9万元,学习费41万元,医疗费52万元,探亲路费3.6万元,老知青安置补助费1.5万元。全区共建石(砖)窑、房9207孔(间),使用木材3329立方米。

▲ 北京插队知青习近平协调电力部门为延川县文安驿公社梁家河村及附近几个村子通电。

▲ 安塞插队北京知青全部迁离农村,安置就业。

▲ 延安地区对少数滞留在农村的北京知青,采取特殊政策,对残疾知青每人补助4000元进行安置。对已婚在农村,不具备工作条件的北京知青,每人补助1500元,建两孔窑洞或两间房。

1982 年

1月9日 陕西省知青办给延安地区知青办下发《关于对张革同志安排意见的批复》。同意对北京插队知青张革的职务按县级中层领导安排，工资定为行政二十三级，工龄从 1972 年算起。落实单位后，即办理录用和职务报批手续。

1月12日 延安地区知青办祝贺北京知青张革同志筹建的桌里水电站试发电成功，将一台星火牌 16 寸黑白电视机调给张革所在电站使用。

1月15日 延安地区知青办向北京知青办汇报《关于对北京知青张革、柳昆立安置作补充意见》。对不愿离开农村的张革，待水电站完工后，本人愿意离开时再办理回京手续；病残知青柳昆立的具体移交时间、办法及有关问题等与北京协商后决定。

2月4日 延安市政府决定将枣园知青农场移交教育局，改建职业中学。

3月10日 延安地区知青办撤销，成立地区劳动服务公司。地区知青办的原经费和全部财产移交地区劳动服务公司。

4月23日　延安地区知青办《关于知青办结束遗留工作的纪要》指出：鉴于知青办遗留问题尚未处理完毕，印章可继续使用，待遗留工作结束后上交封存。

▲　陕西省劳动局副局长高风山、延安地区知青办副主任高明池视察宜川县寿峰公社桌里知青电站，并同宜川县委、县政府有关领导就张革同志升学进修以及安置情况进行座谈。

7月17日　宜川县知青办印章及财务（产）移交给宜川县劳动局。

7月19日　延安行署专员郝延寿主持召开专员办公会议，讨论决定知青办撤并以后知青工作中几个遗留问题的处理办法。

7月29日　延安地区知青办、民政局印发《关于伤残知青柳昆立同志遗留问题处理决定的通知》。根据专员办公会议决定，伤残知青柳昆立同志从1982年7月1日起，移交延安市民政局管理，每月发给其生活费、护理费共计75元。并对柳昆立移交以后的就医、看病费用和一次性生活补助费问题作出决定。

8月14日　延安地区知青办、财政局印发《给予在插队期间死亡知青家庭经济补助的通知》。通知规定，在插队期间死亡的知青，以往没有作过任何经济补助的，给其家庭补助500元。

8月25日　经农牧渔业部批准，北京农业大学接收北京知青张革入校学习，学期为四年，并就张革进修期间的有关工作、学习、生活和费用问题作出详细说明。

12月24日　延安地区计委副主任窦焕超主持召开延安地

区知青办向劳动局移交工作座谈会，对知青办人员、经费、财产问题和以后有关知青遗留工作承办问题作出相应决定。

是年 孙立哲获医学硕士学位，赴澳大利亚留学。

1983 年

5月3日 富县劳动局、工会、团委、妇联联合召开在富县工作的北京知识青年座谈会,副县长温闻对知青提出的一些具体问题给予政策性解释。

5月21日 延安地委决定,北京知青高宏泰任延川县冯家坪公社党委委员、管委会副主任。

6月23日 延安地区劳动局向北京市劳动局发出《关于彭维克同志因公致残的意见》,证明北京来延插队知青彭维克同志在赴插队地点的路途中发生火药失火,被严重烧伤,于1970年病退回京,属于工伤事故,应享受有关工伤待遇。

是年 孙立哲赴美国攻读博士研究生,后因身体状况不宜做动物实验,弃医从商。

1984 年

7月22日 原北京知青朱宗英、冯学军、李小康、张凡回志丹县考察。

12月22日 志丹县第十二次党代会召开,北京知青薛鑫良当选志丹县县委常委、县委副书记。

是年 著名作家、原北京知青史铁生坐着轮椅重返延川县关庄公社关家庄村看望父老乡亲。

1985 年

12 月 10 日 延安地区行政公署印发《关于认真解决现在我区原北京知青有关问题的通知》,对解决北京知青的就业、工作调动、与配偶两地分居等问题作出具体政策解释。

是年 原志丹县北京知青张小建、李华回志丹县双河乡向阳沟村看望乡亲。

▲ 据延安地区知青办统计,留在延安的北京知青有 2000 余人。

1986 年

1月29日至31日 北京市慰问团一行24人，慰问在延安基层工作的北京知青。

4月 黄陵县人大任命原北京知青何宁任县检察院检察长。

5月1日 根据陕西省委办公厅《关于认真解决原北京知青有关问题座谈会纪要》精神，延安市委、市政府从1985年12月份开始，组织专人进行调查，积极解决北京知青有关问题。截至目前，已有18户56人的农村户口转入城镇户口，30名没有工作和24名集体工的家属已全部招转为全民制合同工，并发给每人生活困难补助100元；夫妻分居的尽量帮助调往一起工作。

11月8日 陕西省和北京市就解决在延原北京部分知青的困难（主要针对克山病区工作的知青以及在亏损企业生活特别困难的知青）问题进一步座谈，形成《关于解决在延原部分知识青年困难问题的协商意见》。

11月15日 国务院办公厅批转陕西省人民政府《关于解决在延原部分知识青年困难问题的协商意见》，陕西省政府副省长徐山林在文件上作了批示：要求按文中处理办法商定办理。

12月18日 延安地区北京知青服务处成立，编制10人，为科级建制的事业单位。

是年 富县南道德乡后北沟村原北京插队知青刘瑞携妻子利用从国外回国度假的机会，专程回到生活了两年多的第二故乡看望父老乡亲。

▲ 当代诗人、散文家与批评家，中国作家协会第六、七届全国委员会委员，延安市李渠公社插队原北京知青叶延滨诗集《二重奏》获中国作家协会第三届新诗集奖（1985年—1986年）。

1987 年

4月5日 延安地区行署就贯彻落实北京市和陕西省《关于解决在延原部分知识青年困难问题的协商意见》进行专门研究，形成汇报材料。

4月17日 陕西省邀请北京市相关单位在西安召开座谈会，讨论留在延安部分原北京知青生活困难问题，并形成了具体解决办法。

6月11日 延安地区行署依据北京市委有关文件精神，出台《关于对在地方病区和亏损企业工作的原北京知青进行调整的通知》。

1988 年

3月9日 陕西省劳动厅印发《关于将延安地区原北京知青中患有克山病的职工调整至关中地区安置的通知》,延安有37户74人迁至关中地区。

6月15日 延安地区劳动人事局印发《关于对延安市部分亏损企业的原北京知青给予困难补助的批复》。同意对34人(户)分三个档次给予照顾补助,即特困户1户,补助600元;双职工工资无保障的20户,每户补助400元;单职工工资无保障的13户,每户补助200元。

7月19日 经延安地区知青办统计,近几年,延安地区采取多种措施,认真解决留在延安的原北京知青工作和生活的具体困难。一是解决其配偶农转非;二是1979年前在原北京知青中所招的集体工全部转为全民正式工;三是解决了24对夫妻分居两地问题;四是拿出50万元发放生活困难补助金,凡农转非的每户发放1300元安家费。

8月17日 吴旗县委决定,原北京知青刘晓安任县公安局副局长。

是年 延川县政协主席赵廷壁、县人大副主任高惠民同志代表延川县在北京召开延川插队北京知青座谈会，40多名北京知青参加了座谈会。

▲ 延安地区行署审批同意地区劳动人事局制定实施《关于在延原北京知青生活困难补助费发放的暂行办法》。

1989 年

1月30日 延安地区行政公署办公室印发《关于认真解决在延原北京知青有关问题的通知》，就在延原北京知青的生活困难补助、工龄、转干、住房等实际问题作出具体规定。

1990 年

8月18日 延长县安沟公社吴家窑科村插队原北京知青李秋雨因病在北京去世，应本人要求安葬于安沟姑姑山。

是年 原北京知青刘克显、王乃力、孙焰、李曙光给甘泉县道镇乡南义沟大队捐款1万元，张建平、杜建、刘汐、朱晓林给南义沟大队捐款5万元。赵丽莎、徐晓薇、魏黎明给南义沟村民每户送来300元慰问金。

▲ 延安市河庄坪镇余家沟村插队原北京知青陈克原协调给延安市调拨3000吨中价尿素。

1991 年

8月11日 富县茶坊镇吉子湾村插队原北京知青翁永凯,从美国费城天普大学为吉子湾村寄来500美元汇款支援家乡建设,并在信中写道:"闻知家乡遭受水灾,现寄上我们夫妇捐赠给贵村的500美元支票一张,拟为全村小学生免去全部学杂费用。我本人曾于20多年前插队吉子湾,并在贵校任教。今日虽身在海外,攻读学业,仍念念不忘吉子湾的悠悠乡情。孩子们是我们的未来和希望,盼望诸位老师竭其毕力,精心培育,使他们学有所成,将来造福桑梓,贡献国家……"

是年 富县北道德公社纪录村插队原北京知青康典、张兴琬等10多人回访该村,为该村引进脆枣、核桃深加工项目,积极协调并筹资捐款5000余元,用于改善村小学办学条件。此后,又多次回村。

1993 年

1月12日 富县茶坊镇吉子湾村插队原北京知青翁永凯（翁永凯时已定居美国，博士后，美国科技教育协会成员）专程回乡看望乡亲，同当年的村干部、老房东座谈，为乡亲们送去礼品。翁永凯回美国不久，又为吉子湾小学捐赠25英寸"索尼"电视机一台，价值2000多元的书籍700套（册），村小学为此专门设立"翁永凯学习图书室"。

8月12日 原北京知青习近平回到延川县文安驿镇梁家河村看望乡亲，为村民代缴1000元电费，并给困难户武玉华送去500元慰问金。

是年 原北京知青陶小峰回到甘泉县王坪乡大庄河队看望乡亲们，资助资金2万元，为村民安装电话30多部。

1994 年

6月18日 延安地委副书记张志清主持召开地委书记办公会，就邀请部分原北京知青回延安考察和"'94北京—延安手拉手夏令营"活动进行研究讨论，明确两项活动开展的时间、内容，成立领导小组。

7月20日 下午，百余名原在延安插队的北京知青考察团在团长聂新元的带领下到达延安。

7月21日 上午，延安地委、行署领导在延安宾馆礼堂举行座谈会，欢迎原北京知青回延考察。座谈会后，考察团成员到枣园、王家坪等革命旧址参观。当晚，地委和行署在宝塔山上举办欢迎原北京知青回延考察团联谊晚会。

7月22日至25日 7名曾在安塞插队原北京知青回访安塞县。

7月23日 7时许，"'94北京—延安手拉手夏令营"开营。24名在延安插队的北京知青的子女来到延安，他们到父母当年插队的第二故乡寻根圆梦。

▲ 原北京知青罗力勤、蒋燕燕、俞沆、李延风等15人

回访延长县。

7月25日 延安市委、市政府与18名原北京知青举行座谈会，会后，知青代表参观了延安市市政建设和东关小区及二道街改建工程。

▲ 9名原北京知青回访黄陵县并给黄帝陵基金会捐款990元。

7月28日 原北京知青考察团离延，延安地区领导到火车站送行。

7月31日 原北京知青黄峰给志丹县麻地坪小学捐赠书籍。

8月8日 延川县冯家坪乡聂家坪村插队原北京知青张铁良等6名同志在回访期间，为该村希望工程捐款5000元；曾在文安驿插队的北京知青蔡玉珠，为该村小学捐款1000元。

8月15日 原北京知青黄峰给志丹县周河乡麻地坪村小学捐款1000元。

是年 原北京知青习近平等筹资建成延川县文安驿镇梁家河学校。

1995 年

7月16日至18日 富县寺仙乡前桃园村插队原北京知青韩行洁、刘秀清夫妇和顾小五,专程回村看望乡亲,并给村小学捐资5000余元。

是年 原北京知青任振刚出资2万元帮助河庄坪镇李家洼村维修学校。

▲ 原北京知青张加强、黄延、符小平、刘勇,专程返回吴旗县韩沟门村,看望父老乡亲,并给该村小学捐赠一批图书。

1996 年

2月20日 中共中央政治局常委、国务院总理李鹏回延安,同老区群众一起欢度春节。期间,李鹏同何宁等10名在延北京知青代表进行座谈,勉励知青要继续为革命圣地延安作出新的贡献。

8月7日 富县寺仙乡李家洼村插队原北京知青、日籍华人画家王昭,应邀回国参加"世界反法西斯战争胜利50周年纪念活动"。在西安逗留之际,专程回村看望乡亲,向村上捐赠办学资金5000元。

9月15日 延长县筹资在安沟乡安沟村修建北京知青陵园。部分北京知青为修建陵园集资6万元。由于陵园建造全部由政府出资,为表达对当地政府的感激之情,知青把6万元集资款分别捐给安沟小学1万元、城关小学5万元。

是月 延长县安沟公社东方红大队插队原北京知青邵明路来交口为修建光华中学选址。

10月15日 安沟北京知青陵园竣工,陵园占地一亩,安葬4名在安沟插队时去世的北京知青。原陕西省委书记李瑞山题写园名。

是月 原北京知青邵明路投资 2000 万的交口光华中学破土动工，原北京知青金铮来交口负责实施光华中学修建工作。

▲ 原北京知青邵明路投资 40 多万元，为延长县交口镇东方红大队的 4 个行政村通电，这是全县最早实现"三通"的行政村。

1997 年

4月5日 原北京知青胡连喜等8人回到延长县安沟乡东卓村看望乡亲，捐给学校20套桌椅。回京后，他们联系北京西区邮局职工为东卓村捐款捐物。

7月1日 富县茶坊镇吉子湾村插队原北京知青翁永凯，特地于香港回归日向富县捐赠价值3000余元的图书。

10月 延长县交口光华中学部分投入使用。

▲ 延长县东方红大队插队原北京知青邵明路投资27万元修建的朱家河希望小学竣工。

1998 年

2月17日 全国新长征突击手、原北京知青张革因患脑溢血在北京不幸去世，年仅46岁。

3月23日至8月14日 潘欣欣导演、王子冀编剧、中央戏剧学院影视部投拍的20集电视连续剧《回首黄土地》在延安拍摄。23日上午在延安城南20公里的万花乡毛堡子村开机，8月14日，该剧封镜。（该剧讲述了6位北京知青在黄土地的独特遭遇和复杂命运。）

4月 延川县的领导在北京与曾在延川插队的北京知青以及在京延川知名人士100多人座谈，共商振兴延川大计。

5月20日 延长县安沟公社黄古塬村插队原北京知青许平等人，积极联系捐款15万元，修建黄古塬电信希望小学。

是月 富县插队原北京知青朱学夫，通过中国青少年基金会向宜君县城关二小定向捐资20万元修建的"宜君贝斯希望小学"建成。

▲ 原北京知青、作家王克明协调资金，为宝塔区河庄坪镇余家沟赞助14万元修建学校一所。

6月4日至7日 延长县安沟公社小路塬村插队原北京知青、北京西区邮局美工师蔡锐等3名知青同西区邮局一行16人来到延长，与安沟乡建立扶贫协作关系，并捐赠桌椅、校服、文具等物品，决定把西区邮局职工捐赠的5万元用于村上水电建设，年底建成人畜饮水工程。

6月5日 交口光华中学竣工仪式隆重举行。光华管理中心聘请北京八十中高级教师范淑娟参与学校管理。

7月20日 延长县安沟乡黄古塬电信希望小学竣工，共建教室、办公室5间，占地面积3亩，配套桌凳50余套、电视机1台、电脑1台、书籍200余册。许平等原北京知青还投资8万余元为黄古塬架设入户低压线路，解决了全村103户村民的照明问题。

8月30日 张革骨灰安放仪式在宜川寿峰乡卓里行政村后峪沟村举行。村里的群众为他立了纪念碑。

9月 宝塔区冯庄乡组织"回冯庄看看"活动，邀请北京、延安插队知青，冯庄乡外出工作干部共1000多人参加。此次活动收到捐款13万元。

▲ 原北京知青王岐山、王小枫等为宝塔区冯庄乡康坪村投资2.9万元，修建饮水工程，该工程于11月19日竣工，解决了全村57户247人饮水难的问题。11月24日，康坪村民委员会立"修建知青井碑记"。

12月11日 延安市委书记高宜新主持召开市委常委会议，就加强与原北京知青联系工作进行专题研究，决定与原北京知青日常联系工作由市知青处负责，涉及经济、技术合作工作，市协作办要积极参与。同意在1999年上半年适当时候以市政府名义邀请部分原北京知青回延召开一次经济洽谈会,并同意原北京知青在延安常青园林中营造知青林。

是年 延长县七里村镇武家塬村插队原北京知青钟秉林等集资金10万元,修建武家塬希望小学。

▲ 原北京知青邵明路出资10万,对延长县36名英语教师在北京进行全封闭式英语培训。

▲ 从1998年开始,邵明路(光华慈善基金会)每年为交口光华中学注入24万元的办学经费。

▲ 富县茶坊镇吉子湾村插队原北京知青翁永凯,动员丈夫、父母、亲属捐款,为富县牛武、直罗、张村驿、吉子现和吉子湾等地10所中小学购置捐赠价值2.75万元的图书。

1999 年

1月1日 延长县安沟乡东卓村村民为感谢北京知青捐资，建立一座北京知青纪念碑。

1月5日 延安市委副书记忽培元主持召开书记现场办公会，就延安市知青常青纪念林建设工作、任务、资金等问题进行专题研究。

1月23日 北京知青赴延安插队30周年联谊会在北京举行。延安市委副书记忽培元率延安代表团参加。

1月31日 延长县安沟乡小路塬村村民修建一座北京知青纪念碑。

是月 延安北京知青联谊会成立，李连元任会长，李佐贤、王晓建任副会长。

3月23日 延长县刘家河公社郝家塔村原插队北京知青周建国回访该村，并为村子协调解决修路、拉电等问题。

5月26日 延长县安沟乡东卓村原北京插队知青胡连喜、严贵泉两人捐资16万余元修建的东卓贵泉希望小学破土动工。

6月 邵明路视察交口光华中学，为光华中学捐赠图书2

万册。

8月31日 为感谢北京知青，延长县安沟乡东卓村村民建立北京知青建校纪念碑。

12月28日 延安市劳动局组织人员以县区和行业为单位对在延安原北京知青的基本情况逐人逐户进行调查，并向市政府形成《关于在延原北京知青现状调查及解决办法的报告》。

是月 延安市政协编辑《北京知青与延安》。

是年 原北京知青王汉光捐资10多万元建成延川县关庄镇齐家坪学校。

▲ 邵明路再次投资近400万元，修建光华中学家属区及交口中心学校。

2000 年

5月1日至5日 延川县举行毛泽东思想文艺宣传队成立30周年联谊会。原毛泽东思想文艺宣传队成员、部分北京知青专程回延川参加联谊活动。

5月18日 市长王侠主持召开市政府第5次常务会议，就解决在延原北京知青工作、生活困难等问题进行研究，提出具体解决办法。

6月 邵明路视察光华中学。

▲ 原北京知青何宁任榆林市检察院党组书记、检察长。

9月 志丹顺宁公社黄地台生产队原插队北京知青何建军荣获"北京市劳动模范"称号。

是年 邵明路投资300万元在延长县交口镇捐建东村希望小学、寺源坪希望小学、岭上希望小学等15所农村希望小学。

▲ 富县县委书记周德喜带领县级各套班子负责人专程赴北京看望富县插队原北京知青，并邀请近30名知青代表召开座谈会。

2001 年

10 月 富县张村驿镇广家寨村插队原北京知青孙安民等一行 20 人回富县考察，并以北京市光彩事业促进会名义为广家寨小学、富城镇莲花池小学捐资 30 万元，用于改善办学条件和设立教学奖励基金。

是年 原在延长县黑家堡公社马家沟大队插队北京知青焦志延投资 20 余万元修建的马家沟希望小学投入使用。

▲ 从 2001 年开始，邵明路（光华慈善基金会）出资，每年在光华中学组织一次青少年创业夏令营活动。

2002 年

2 月 延长县安沟公社阿青大队插队原北京知青李连元捐资 8 万余元修建的阿青村招商国旅希望小学破土动工。

6 月 招商国旅希望小学正式竣工，面积 1266 平方米。竣工仪式上，李连元为学校捐赠扩音器材、彩电等电器，并题写"招商国旅希望小学"校名。阿青村村民为感谢李连元捐资助学，立碑纪念。

7 月 延安县冯庄公社康坪村插队原北京知青王岐山陪同朱镕基总理来延安考察期间回康坪村看望乡亲。

是年 北京知青王晨筹资为宜君县尧生乡郭寨村小学修建了教学楼，购置了桌椅，配备了电教设备，并为该校书写校名"远志小学"。

▲ 原北京知青李连元出资为阿青村修建石桥一座。

▲ 延长县黑家堡公社马家沟大队插队原北京知青焦志延丈夫谢振华资助黑家堡镇马家沟村修路 10 余公里。

2003 年

2月4日 延川县关庄公社齐家坪大队插队原北京知青王汉光回村看望父老乡亲,为村里捐资6万元,给村民发放人均200元的慰问金。

3月 宝塔区纸坊坪大队插队原北京知青伊亚静与北京市公安局保安公司地铁分公司联系,为宝塔区农村输出17名保安。

4月20日 延安"北京知青纪念林"标志碑揭幕仪式在宝塔区南泥湾镇桃宝峪村举行。

5月 延安市人民政府市长张社年为"北京知青纪念林"纪念碑题写碑名。

10月20日 宝塔区人大主任韩耕洲率宝塔区慰问团一行7人赴北京慰问知青。双方商定成立北京知青联络小组,组长丁巨元,副组长张赛娜。

是年 甘泉县大庄河大队插队原北京知青张路雄联系美国Jay Larkin(中文名郭志文)先生创办的农村教育基金会为大庄河小学51名学生争取到免去学费、赠送学习用具和图书的基金。后又决定，凡大庄河从小学到高中就读的学生（还扩大到杨庄科的学生）费用一律由基金会承担。

▲ 宝塔区河庄坪镇石疙瘩村插队原北京知青丁巨元资助该村3名贫困学生每人每年500元，直至学业完成。

2004 年

1月2日 原北京知青蔡玉珠、吴春如、王荣华、王凤荣、潘慧霞回延川县高家屯乡刘家渠村看望父老乡亲。

7月22日 宝塔区冯庄乡后武装沟村插队原北京知青毕英杰,联系中华文学基金会为该乡捐献70台电脑,价值近50万元。

▲ 宝塔区冯庄乡郭家沟村插队原北京知青任志强给该村协调资金10万元,推地100亩,修路3000米。

8月14日 原北京知青、浙江省委书记习近平接受延安电视台《我是延安人》节目专访。

10月2日 原北京知青张小建、李华、葛玉芝、郑刚等20人,回志丹县双河乡向阳沟村看望父老乡亲。

2005 年

4 月 延长县委书记杨霄及县上有关领导在北京与原在延长县插队的知青代表召开座谈会。

5 月 志丹县永宁镇插队原北京知青付振武和冀有才回志丹县永宁镇看望村民。

6 月 30 日 延长县委书记吴胜德、县长刘景堂、副县长李五明等在北京慰问知青,并与知青代表召开座谈会。

7 月 原北京知青李东东,回到延长县黑家堡镇麻池河村看望乡亲,给每个老人 200 元慰问金,并为村里捐资 1 万元。

9 月 16 日 延安市委常委、常务副市长梁宏贤召开联席会议,专题研究解决在延安北京知青生活困难等问题,形成《延安市人民政府常务会纪要》2005 年第 2 号。要求对企业退休的北京知青发放困难补助金,对长期患病的困难北京知青给予救助。市人事局、劳动局、信访局等部门主要负责人参加会议。

10 月 10 日 陈强代市长主持召开市政府第 56 次常务会议,对在困难企业工作(退休)的原北京知青给予生活补助,由市财政列支,市知青处负责发放。并为部分未参加医疗保险的原北京知青办理医疗保险。

是年　冯军、许卫、张小建等志丹县向阳沟大队30名原北京知青发起成立"助学成才奖学金",并制定《向阳沟北京知青助学成才奖学金章程》。按照章程,原向阳沟大队村民的后代,考入大学本科一次性奖励2000元,专科一次性奖励1500元。

▲　延长县老促会发起"北京知青回娘家"活动。

2006 年

7月 原北京知青王汉光捐资54万元修建的延川县关庄镇齐家坪桥建成。

是年 原北京知青童琨、彭建、米鹤都、陈龙龙、王小陶、周东、王晓渡回访甘泉县王坪乡扫芊塔村,捐赠5台DVD和部分光碟,开展升学资助活动。决定对扫芊塔村凡考上大学的学生,每人资助1万元,奖励笔记本电脑1台。

2007 年

5月25日 宝塔区河庄坪镇余家沟大队插队原北京知青王克明所著的陕北方言研究专著《听见古代》出版发行。《延安日报》以"一个知青一本书　一方语言一段岁月"为题进行报道。

6月 宝塔区南泥湾镇南泥湾村插队原北京知青孟祥昇、陈金保、揭佩琴回村看望乡亲，发给全村23户慰问金7600元。

7月25日 原北京知青孙立哲从美国专程回到延川县关庄镇关家庄村看望乡亲。特地设宴感谢父老乡情，并给乡亲看病。

8月28日 原北京知青，上海市委书记习近平给延川县文安驿镇梁家河村党支部复信。祝愿乡亲们在党的富民政策指引下，通过共同努力，生活一天比一天更好。

11月28日 宝塔区委、区政府在北京延安文化艺术中心举办北京知识青年联谊会。区委书记杨霄、区长阚延军等领导及有关部门负责人和80多名北京知青代表参加联谊活动。

是年 原北京知青栗建国多方联系有关企业和广播电视主管单位，为甘泉县大庄河村建立卫星电视接收插转站。

▲ 民营企业家赵文忠投资建设北京延安文化展示中心，举办北京知青在延安插队展览。

▲ 宝塔区蟠龙镇小李渠村插队原北京知青王勇带领7名养蜂专家回村看望乡亲，并确定把宝塔区作为中国农科院养蜂示范点，赠送种蜂、蜂箱。

▲ 宝塔区梁村乡王庄村插队原北京知青张毅回村看望乡亲，给村上捐资3万元维修学校。

▲ 宝塔区河庄坪镇余家沟村插队原北京知青陈克原协调争取资金800万元，用于红庄等8个村流域治理和余家沟新农村建设。

2008 年

2月 延安仙鹤岭公墓董事长宣永红出资2000万元,分期建设占地26亩的北京知青园。

3月 在十一届全国人大一次会议上,国家副主席习近平与陕西代表团一起审议《政府工作报告》。在与陕西代表交谈时他说:"我是在延安入的党,是延安养育了我、培养了我,陕西是根,延安是魂。就像贺敬之《回延安》诗里所描绘的:我曾经几回回梦里回延安。"

5月31日 中共中央政治局常委、中央书记处书记、国家副主席习近平给杨家岭福州希望小学全体少先队员复信,希望同学们牢记党和人民的嘱托,发扬延安精神,勤奋学习,努力成为合格的社会主义事业接班人。

7月8日 志丹县委、县政府在北京举办志丹县推进率先跨越发展座谈会,薛鑫良等原北京知青代表应邀参加座谈活动。

7月12日 中央政治局常委、书记处书记、国家副主席习近平给延川县文安驿镇梁家河村党支部和村委会代表复信,希望乡亲们按照科学发展观的要求，搞好社会主义新农村建设。

9月 宝塔区蟠龙镇小李渠插队原北京知青王勇再次带领养蜂专家来延安举办养蜂学习班。

10月31日 原北京知青柴均带领中国国际广播电台中外记者陕西行采访团，结束在延安的采访后，邀请当年一同插队的知青刘建国、张东红、谭左亭、柴国防和李烟霞，回到阔别近40年的宜君县五里镇崖尧村看望乡亲。

是年 原北京知青张小建利用志丹县大型陕北民歌舞剧《挂红灯》赴京参加文化部举办的"相约北京——2008"奥运活动机会，邀请志丹县四套班子领导座谈。

▲ 延长县举行北京知青张革先进事迹报告会。

▲ 原北京知青邵明路为光华中学捐赠图书5000册。

▲ 从2008年起，北京光华慈善基金会每年给交口光华中学注入12万元的教师奖励基金。

2009 年

1月11日 北京知青赴延安插队40周年联谊会在北京延安文化展示中心举行。国家林业总局局长贾治邦、原陕西省人大常委会副主任高宜新、原延安市人大常委会主任张志清等曾在延安工作过的老领导，延安市委副书记王建军、市政府副市长薛占海及市直有关部门负责人、相关县区分管领导以及400多名知青代表参加联谊活动。会上，倡议开展"我为延安种棵树"活动，孙立哲个人捐款2万元。海内外几十家新闻媒体对会议进行了报道。

▲ 延安市宝塔区在北京延安文化展示中心举办北京知青联谊会，区上领导和300多名北京知青代表参加联谊活动。

▲ 北京知青赴宜君县插队40周年联谊会在北京举行。铜川市和宜君县的领导与知青代表参加了联谊活动。

1月31日 北京知青赴延川县插队40周年联谊会在北京延安文化展示中心举行。延川县的领导和300多名北京知青参加联谊活动。

3月 宜君县政协委员会决定编辑出版《北京知青在宜

君》。

4月12日 富县北京知青联谊会成立，富县北京知青网建成开通。

5月1日至3日 原北京知青闫爱平、刘京来、朱志新等一行35人回志丹县考察。在考察期间，他们先后察看县城城隍庙沟综合治理等建设项目，拜谒了刘志丹将军陵墓，并和县委、县政府座谈。

5月9日至14日 富县北京知青代表团一行55人回富县考察。代表团成员先后参观延安革命旧址、考察富县经济社会发展情况。原北京知青博关茜为寺仙小学捐资1000元。

5月12日 富县北京知青代表团在富县县城西山开元寺塔旁，栽种92棵纪念树，兴建"富县北京知青林"。

5月 原北京知青李珩、符珉、章时华等回到甘泉县道镇南义沟村慰问村民，向村里捐款5万元，并给7户老年贫困户每家送去500元慰问金。知青们还和村干部一起实地考察并筹划建立村办砖瓦厂。

7月10日 黄龙县举行北京知青张革先进事迹报告会。

7月29日 北京知青张革先进事迹报告会在志丹县举行。

8月12日至24日 为编纂《北京知青在延长》，延长县政协文史委员会主任孙玉科、县老促会秘书长李瑞荣在北京先后与曾在安沟、郑庄、刘家河等8个公社插队的300余名北京知青进行座谈，征集到大量文稿、照片。

8月17日至25日 北京知青"心系甘泉"参访团一行50人抵达甘泉。参访团成员先后回访当年插队的村庄，参观甘泉经济社会发展的亮点工程，并和县委、县政府座谈。

10月7日 陕西电视台《我说我家》栏目以"北京知青心系农村四十年"为题,对宜君县原北京知青卢卫东进行专访。(卢卫东从1980年开始,每年都要回到宜君和村民们一起过年。他在宜君先后投资办砖厂和养鸡场,把68个宜君年轻人带到北京为他们找工作,在杨沟村村民的眼里,他就是68个孩子的"北京父亲"。)

11月13日至14日 中共中央政治局常委、中央书记处书记、国家副主席习近平在陕西省委书记赵乐际的陪同下,深入延安市农村、企业、学校,围绕贯彻落实党的十七届四中全会精神、开展学习实践科学发展观活动和实施西部大开发战略进行调研。

12月26日 上午,安塞县北京知青联谊活动在北京延安文化展示中心举行,安塞县政协主席朱辽成和340余名知青代表参加活动。安塞北京知青联谊会会长荣乐乐就联谊会工作作了汇报。延安北京知青联谊会秘书长王晓建、北京知青网站长姜成武、中国摄影家协会会员黑明先后讲话。北京知青代表梁雅琦宣读"营造安塞北京知青林"倡议书,募集到133位知青植树捐款19790元。同时,联谊会重新整理公布全县知青名册。

▲ 富县北道德乡纪录村组织原村干部赴北京看望当年在该村插队的原北京知青。知青康典、张兴婉等14人出资1万元,决定为该村打一口机井,同时,还为村小学捐赠图书10000册。

2010 年

1月10日 富县北京知青联谊会第一届理事会在北京召开。会上聘任富县县委常委李世勇为富县北京知青联谊会名誉会长。

3月 延长县在七里村镇张义夫子村开工修建北京知青新陵园。

4月2日 延长县领导与参加新陵园搬迁的原北京知青进行座谈。

4月5日 延长县在七里村镇张义夫子村修建的北京知青新陵园竣工。已故北京知青张大力、李秋雨、韩小顺的亲属及延长县插队原北京知青代表及当地村民参加了迁陵仪式。

4月11日 富县北京知青联谊会成立一周年庆祝活动在北京举行。在活动期间,联谊会向参加活动者赠送《富县北京知青联谊会·珍藏版纪念册》一书,书中有2800名知青名册,并有大量老照片及部分知青写的回忆录。

7月2日至5日 参加"当年的北京娃——再回故乡看母亲"回访活动的安塞北京知青联谊会近80名知青代表回到安

塞，并进行了植树、捐款等活动。

8月 延长县黑家堡公社麻池河大队插队原北京知青李东东为该村捐赠光碟161盘、图书2000册、期刊30种、书架5个，并创办了东东书屋。

10月 原北京知青何宁任陕西省检察院副厅级检察委员会委员、检察员。

2011 年

1月27日 富县北京知青联谊会在富县北京知青网发布《关于富县北京知青百名精英访谈录的通知》,决定在富县北京知青中,寻找百名精英进行专访,做成影视资料留存富县档案馆、北京市档案馆。

3月 由延安市政协曹树蓬主编的反映北京知青在延安插队生活的书籍《回首青春》(上、下两卷)出版。

▲《北京知青在宜君》出版。

4月19日 原北京知青裴国平为延川县冯家坪乡赵家河村捐资修建一座便民桥,起名平云桥。

4月30日至5月3日 延川县举行毛泽东思想文艺宣传队成立40周年联谊会。毛泽东思想文艺宣传队成员、原北京知青张沪平、胡静、黑荫贵等10人专程回延川参加联谊活动。5月3日,张沪平、胡静、黑荫贵回延川县关庄镇关庄村看望父老乡亲。

5月21日 原北京知青、中宣部副部长、中央外宣办、国务院新闻办主任王晨及夫人——原北京知青宋丽红携女儿王曦专程前往他们昔日插队的宜君县尧生乡郭寨村和宝塔区李渠镇刘家沟村,看望父老乡亲。

6月 《北京知青在志丹》出版。

7月1日 光华公司慈善基金会一行48人来延长县交口镇光华中学举办光华公益拓展项目活动,延长县人民政府副县长李俊慧主持拓展开幕仪式。

10月11日 2011年,中国"知青之旅"走进延安旅游文化节在延安圣地大剧院开幕。中国知青网理事长周秉和等原知青代表及延安市各界群众近千人参加开幕式。

11月7日 延安市人民政府市长梁宏贤主持召开市政府第85次常务会议,就解决北京知青生活困难等有关问题形成纪要,决定对在困难企业工作的知青增加生活困难补助,并对在延的知青存在的住房、子女就业等困难出台了优惠政策。

是月 《北京知青在甘泉》出版。

是年 富县北京知青联谊会主编的富县北京知青文集——《情系鄜州》出版。

▲ 反映北京知青题材的《情归延安》在富县直罗镇开拍。该片由原在富县北道德公社插队的北京知青李佐贤和延安青年缑军安共同投资拍摄。

2012 年

2 月 9 日　中国当代著名诗书画家，有"老三届奇才"之称的富县张家湾镇炮楼村原插队北京知青刘立山，在北京东城区文化馆举办书画展。其代表作品有《刘立山诗文书画》、《刘立山诗词选》、《三国人物大写意》、《诗书长卷·炎黄骄子》、《老北京百行绘图》等。

4 月 3 日至 8 日　原北京知青冀其才等 23 人回到当年插队的志丹县永宁镇柳沟、石畔、埝沟、杨城、崾子川等村庄慰问乡亲，并为永宁镇赠送锦旗、字画。

4 月 26 日至 27 日　富县北京知青联谊会成立三周年庆典活动在北京市怀柔区举行。富县 13 个乡镇 68 名原北京知青代表参加庆典活动，富县县委常委、宣传部长王若鸿，富县县委常委、统战部长邢世成等领导应邀赴京参加庆祝活动。

4 月 28 日　中共中央政治局常委、书记处书记、国家副主席、中央军委主席习近平在中南海亲切接见延安市委书记姚引良、市长梁宏贤并听取延安工作汇报，勉励延安人民要不断发扬革命传统，用延安精神建设延安。

5月3日 北京知青网采访团深入宝塔区采访,并到枣园镇侯家沟村看望著名红军将领罗炳辉的后人罗凤英、尚洪恩一家。

5月6日 北京知青网采访团与延安文化界人士在延安举办首届"延安文化与知青文化研讨座谈会"。

5月17日至20日 原北京知青李伟、李小康、赵立民等8人回到志丹县双河乡双河村看望村民。

7月 中共中央政治局委员、国务院副总理王岐山在北京接见了延安市委书记姚引良、市长梁宏贤、常务副市长薛占海、市委常委、秘书长姚靖江一行。王岐山深情地回顾了在延安市宝塔区冯庄乡康坪村插队时的难忘岁月。他殷切希望延安的各级领导要牢记党的宗旨,情系百姓,为群众排忧解难,让人民群众过上富裕幸福生活。

7月15日 原北京知青艾平回延川县关庄镇八甲村看望乡亲。

7月19日 陕西省委常委、延安市委书记姚引良主持召开市委常委会议,对知青工作进行专题研究,在听取有关知青工作汇报之后,他要求延安各级党委和政府一是要从思想上提高认识,认真解决好留延知青生活、工作、住房及子女就业等方面的问题,将关爱知青的政策落到实处;二是进一步做好与知青的联络工作,发挥北京知青与延安联谊会的积极作用,进一步搞好两地的联谊工作;三是广泛认真征集、整理知青在延安插队时的资料,并在此基础上,编纂北京知青与延安丛书,同时,确定由市委副市级咨询员杨军宪负责知青工作。

7月23日 延安市委办公室转发市档案局《关于开展来延

插队知青档案资料征集工作的实施意见》，要求市、县区各有关部门全面开展知青档案资料征集工作。

7月31日 延安市档案局召开全市档案局（馆）长会议，要求全市档案局（馆）认真搞好来延插队知青档案及资料的征集工作。市档案系统也着手开始知青大事记的编写、知青信息统计和资料的征集。

8月6日 陕西省委常委、延安市委书记姚引良深入宝塔区冯庄乡康坪村调研。他强调，要加强党的基层组织建设，培育壮大产业，努力让群众增收致富，过上富裕的幸福生活。

8月22日 延安市委就市委副市级咨询员杨军宪主持召开的关于宝塔区康坪村知青点恢复修缮工作形成专项协调会议纪要，对知青点的建筑设计资金等问题提出具体解决意见。

10月9日 陕西省委常委、延安市委书记姚引良深入延川县文安驿镇大梁家河区域，就包扶低收入村工作进行调研。重点了解治沟造地、生猪养殖基地、环线道路建设、山地果园建设、移民安置等工作。姚引良指出，大梁家河区域扶贫开发工作要抓住有利时机，大干快上，使群众早日脱贫致富。

2013 年

3月7日 陕西省委常委、延安市委书记姚引良在北京知青购买经济适用房专题报告上作出批示：同意对在困难企业中工作的原北京知青住房困难户资金的解决办法，并要求积极给予落实。

4月13日 富县北京知青联谊会成立四周年庆祝座谈会在北京举行，170名北京知青参加座谈会。

5月10日 宜川县云岩镇举行北京知青云岩插队生活文集——《云岩河的歌》发行暨赠书仪式活动，原北京知青聂新元、李淑勤等18人应邀参加。

5月11日 原北京知青李连元回延长县安沟乡阿青村和黑家堡镇看望父老乡亲。

5月15日至17日 唐霆、唐智芬、张连茹、张惠兰、陶竹青、高峰、张建忠、汪文忠、沈长钰等9名原北京知青回访富县。5月16日下午，富县档案局组织同知青进行座谈。

5月21日 陕西省委常委、延安市委书记姚引良深入延川县对黄河引水工程建设、延川县城市建设和产业发展进行实地调研。在文安驿镇下驿村调研时，姚引良指出：下驿村的下驿古城，极具地域特色，有着深厚的历史文化积淀，具有发展旅游产业的优势，要尽快保护和恢复古城风貌，挖掘民俗文化、知青文化，打造文化产业园，努力促进旅游业发展。

6月19日 原北京知青刘五宁回延长县交口镇看望村民，为光华中学送来体育健身器材，为郑庄镇贫困学生送去书籍和慰问金。

6月 富县茶坊镇东方红大队插队原北京知青马平安所著的追忆插队生活的长篇纪实小说《热土》出版。

7月8日 原延安市人大主任张志清、市委副市级咨询员杨军宪、市知青处主任同刚赴京汇报知青工作及北京知青与延安丛书筹备与编纂工作。王晨接见汇报组成员，对延安的知青工作给予充分肯定，并就丛书编纂等工作提出具体意见。

8月 《悠悠壶口情——北京知青在宜川》（上、下卷）出版。

▲ 原北京知青刘五宁、王小平、刘予生、余小平、杨晓青、黄越江、罗龙、马宝田、赵蔚扬、李恩军、赵立华等12人得知延长县遭遇特大暴雨灾害后，通过在知青中筹集资金，为延长捐款29000元。

9月2日 中共中央总书记、国家主席、中央军委主席习近平对延安市防汛救灾和灾后重建工作作出重要批示。他要求延安在生产自救的同时，妥善安置受灾群众，恢复正常生产生活秩序。

9月14日 原富县北京知青朱学夫在北京西单图书大厦举办其所著的《陕北往事——我的知青岁月》签名售书活动。富县县委调研员张玉琴等出席活动。

9月25日 曾在延安插队的北京知青代表110人，参加富县在北京举办的创建全国良好农业规范示范县暨苹果推介会。

10月1日 延长县郑庄镇插队原北京知青黄越江、叶永和等一行4人来到郑庄查看灾情，慰问乡亲。

10月15日 富县北京知青联谊会会长贾维岳带领12名原在富县插队的北京知青回访富县。

12月19日 市委常委、常务副市长薛占海主持召开专项协调会，就部分在延安的原北京知青住房问题进行研究，决定由财政局拿出补助资金，一次性发放给在困难企业工作（退休）的89户住房困难户。2014年1月13日，市政府形成第3号专项问题会议纪要。

年底 原北京知青曲光、郝荫贵、熊朝晨回访延川县，与延川县档案局进行座谈。

是年 延安市档案局（馆）长方勇平带领相关人员先后两次赴京与知青座谈，征集有关知青的档案资料。

▲ 北京知青与延安丛书编委会组成，陕西省委常委、延安市委书记姚引良任编委会主任，延安市人民政府市长梁宏贤任副主任。丛书主编由延安市委常委、市委秘书长姚靖江担任；市委副市级咨询员杨军宪任执行主编。该丛书计划编写6本。

2014 年

1月 梁家河村党支部和村委会给习近平总书记写信,汇报了梁家河村经济社会发展以及灾后重建情况。5月5日,习近平总书记给梁家河村乡亲们复信。总书记对梁家河的发展变化和灾后重建所取得的成绩感到欣慰。他希望乡亲们脚踏实地、真抓实干,把日子过得红红火火。5月8日,受陕西省委书记赵正永的委派,省委常委、延安市委书记姚引良与省委副秘书长、办公厅主任张会民专程赴延川县文安驿镇梁家河村,向梁家河村全体村民以及大梁家河区域其他7个村的村民代表,宣读习近平总书记给梁家河乡亲们的复信。姚引良还委托市委副书记、市长梁宏贤主持召开市委常委(扩大)会议,专题传达学习习近平总书记的复信,并就全市的学习贯彻工作作出具体安排部署。

1月8日至12日 原北京知青、全国政协常委、全国工商联原常务副主席孙安民国画展在国家画院美术馆举行。

1月11日 北京知青赴洛川插队45周年座谈会在京举行,知青代表、中国知青网、洛川县委、洛川美域高生物科技有限公司等单位代表进行座谈。

1月14日至16日 陕西省委常委、延安市委书记姚引良,延安市人民政府市长梁宏贤就北京知青与延安丛书出版事宜作出具体批示。

是月 北京知青与延安丛书编纂办公室成立。受市委副市级咨询员杨军宪领导,抽调樊晓霞、同刚、杨葆铭、谢文治、曾鹿平、王延雄开展工作。

2月11日—15日 丁爱笛、高红十、王晓建、贾维岳、聂新元、杨志山等北京知青回延安,参加陕西卫视和延安旅游局举办的"北京知青回延安过大年"系列活动。

3月12日 截至12日,富县原安置北京知青插队的13个乡镇的联谊分会全部成立。

3月20日 由陕西省文物局主办的"寻根·守望——沐浴圣地洗礼的北京知青"巡展在陕西历史博物馆开展,展出600多幅北京知青在延安时期的老照片和200多件实物。

3月29日 正在德国访问的国家主席习近平到柏林奥林匹亚体育场,看望正在德国训练的20名来自陕西志丹县的少年足球队队员。习主席对孩子们说:"我看好你们,看好你们这一代。我希望将来你们能够成为出色的足球运动员。"活动结束后,习主席夫妇还同两国足球队队员合影留念。

是月 原北京知青郝荫贵在延川县关庄镇承包种植大棚菜。

▲ 北京知青与延安丛书首卷《苦乐年华——我的知青岁月》由中央编译出版社出版。该书以知青追忆插队生活为主,用第一人称的手法,真实地讲述了知青们在插队岁月中所经历

的思想转变和成长过程。

4月3日 延安市委副书记、市长梁宏贤深入宝塔区冯庄乡康坪村，宣讲全国"两会"精神。梁宏贤向康坪村的村民转达了原康坪村插队知青，现任中央政治局常委、中纪委书记王岐山对村民们的问候。梁宏贤还结合实际，深入浅出地为村民解读了"两会"精神，鼓励基层干部群众抓住机遇，大力发展主导产业，加快致富奔小康步伐。

5月14日 参加延安市城乡统筹暨灾后重建工作现场会人员观摩了文安驿镇居民住房、道路硬化、文化广场、文化产业园以及供水供电等基础设施的建设。市委副书记、市长梁宏贤在会上指出：文安驿镇规模大，把周围的村子集中起来，符合集中安置群众、小镇并大镇、小村并大村的思路。文安驿镇要注重产业发展，以产业拉动经济，给镇内居住的群众提供就业机会。

6月5日 陕西省委常委、延安市委书记姚引良在参加完延川县委常委班子专题民主生活会后，深入文安驿镇下驿村，实地察看了文化产业园建设进展情况。他强调，要高度重视下驿古城的保护、开发和利用，尊重人文历史，恢复古城风貌，深入挖掘当地民俗文化、知青文化、饮食文化，努力做大做强旅游产业。

6月13日至16日 北京知青与延安丛书编纂办公室组织人员前往成都市大邑县安仁镇建川博物馆考察，形成《关于建设延安北京知青文化展览馆的报告》，提交市委常委会讨论。

6月17日 原北京知青、国防大学副校长毕京京利用在延安干部学院授课之机，回宝塔区冯庄乡郭庄村看望村民。

7月3日 陕西省委常委、延安市委书记姚引良就北京知青与延安丛书的编纂工作作出批示。

7月29日 陕西省委常委、延安市委书记姚引良就延安建立北京知青文化展览馆筹建工作作出批示：要求召开一次常委会，明确布展事宜。

是月 北京知青与延安丛书第二卷《黄土蕴情——我的精神家园》出版。该卷记述了知青返城之后，对延安经济社会发展所给予的关注，抒发了与延安人民在插队岁月结下的深情厚谊。

8月12日 陕西省委常委、延安市委书记姚引良就北京知青与延安丛书资料收集整理、出版发行、筹建知青文化展览馆等作出批示。

8月13日 陕西省委常委、延安市委书记姚引良参加了联系点延川县文安驿镇领导班子党的群众路线教育实践活动专题民主生活会后，又深入梁家河村了解教育实践活动开展情况，对该村给外出党员寄送学习资料的做法给予充分肯定。他要求全市各基层党组织要确保不漏一人，使每个党员都在教育实践活动中受到教育。姚引良还实地察看了文安驿古镇保护利用项目。

▲ 《光明日报》整版刊登书评：《从北京到延安，青春的梦想与回忆——〈北京知青与延安丛书〉笔谈》，分别刊发著名经济学家、北京大学资深教授厉以宁撰写的《青春早逝，乡土情深》，《光明日报》社评论员刘文嘉撰写的《这段记忆不只属于一代人》，北京知青、高级编辑高红十撰写的《厚重的

黄土、厚道的人》，著名作家高建群撰写的《我的北京知青朋友》。这四篇评论文章从不同的角度，对北京知青来延插队以及延安编撰这套丛书所具有的"存史、资治、育人"的作用和意义进行了评论。

8月21日 延安市委、延安市人民政府决定成立延安北京知青文化展览馆筹备领导小组，组长由市委副书记薛占海担任。

8月22日 陕西省委常委、延安市委书记姚引良主持召开市委常委会议，专题听取知青工作情况汇报，就知青生活困难、知青文化展览馆建设、筹备知青座谈会等问题进行讨论。会议决定，由市知青处牵头，督促各县区和市直有关部门和单位，对留延北京知青的住房、生活、子女就业等问题进行认真摸底，按属地原则和有关政策，多渠道、多举措予以解决；成立延安北京知青文化展览馆筹备领导小组，市委副书记薛占海任组长，市委常委、秘书长姚靖江和副市长郝宝仓任副组长；着手筹建延安北京知青文化展览馆；抓紧筹备在延安、北京分别召开的两个北京知青座谈会。

8月25日至9月5日 原富县北京知青、全国政协常委、全国工商联原常务副主席孙安民在北京举办荷花画展，共展出写意荷花及书法作品30余幅。

9月24日 延安市委、市政府在北京金台饭店召开"延安北京知青文化展览馆"陈列布展大纲征求意见座谈会。邀请栗建国、孙安民、艾平、李连元、王晓安等近70名原北京知青与延安市领导姚引良、梁宏贤、姚靖江，市文物局、知青处负责人，相关业务人员共同座谈，为展览馆的建设起到了积极作用。

10月1日至2日 农历九月九日重阳节，黄陵县邀请160多名原北京知青参加每年一次的黄帝陵大型祭祖活动。县上分别举办了北京知青"思乡祭祖"座谈会和北京知青"庆国庆、祭始祖、忆乡情"主题公益联欢晚会。

10月13日 "史铁生精神世界与文学创作研讨会"在延安大学举办。此次活动由延安大学文学院、"写作之夜丛书"编委会、中国对外翻译出版有限公司和延安市作协共同主办。延安市人民政府副市长郝宝仓致欢迎词，史铁生生前好友孙立哲等人参加。

10月14日 "与铁生同在清平湾"纪念会在延川县关庄镇关家庄村史铁生故居举行，孙立哲、曹谷溪、梁向阳分别在会上发言。

10月16日至17日 延川县插队原北京知青、赤脚医生孙立哲和他的医疗队重回关庄镇举行延川县赤脚医生巡回医疗40周年座谈会，受到当地群众的欢迎。62名延川赤脚医生与当年医疗队的插队知青、医疗队成员共同回顾了延川40年医疗事业的发展，并参观当年的合作医疗站，给巡回医疗点送医送药。当代著名油画家、学者、中央美术学院教授靳之林出席会议并参加活动。

是月 据统计，从1986年以来，共有74名原北京知青迁至关中地区；在延安本地区调整138人；解决知青家属农转非236户515人，招收知青家属520人，家属由集体工转为全民所有制职工179人；解决15对夫妻分居问题；共发放知青生活困难补助款280.63万元；为36名知青补交养老金12万元。

从 2011 年起，对困难企业的退休知青每年在原定补不变的基础上，每人每月增加 100 元；将长期驻外的留延知青医保资金统一转到其所在参保单位；将养老金直接转入知青居住地银行账户；解决住房困难；同等条件下，优先照顾安排部分知青子女就业。

11 月 6 日 延安市委副书记、市长梁宏贤参加了全省重大文化项目文安驿文化园区主体工程竣工观摩会。他说，文安驿镇是省级文化旅游名镇，也是全市统筹城乡发展重点示范镇。随着文安驿文化园区等项目的实施，对进一步提升延川乃至全市文化旅游的知名度和影响力，促进产业转型和城乡统筹发展，将起到重要促进作用。

12 月 23 日至 28 日 北京知青与延安丛书编纂办公室人员前往北京开展工作。丛书第三卷《鸿书私语——我的心路历程》、第四卷《青春履痕——北京知青大事记》、第五卷《韶华永驻——我的风华相册》、第六卷《崖畔回声——我的故土情怀》拟定 2015 年 2 月全部出版。

后 记

回望北京知青在延安下乡插队这个重大的历史事件，需要当事人的回忆，需要当事人在这个历史时期的日记、书信。没有这些，历史就没有细节，没有情感，没有鲜活度，因而也就没有了温度。但是，仅有这些是不够的，历史也许更需要理性、客观与系统的记载，大事记就是这种理性、客观与系统地记叙历史的载体之一。只有这两者的有机结合，历史才有可能是丰满的、生动的，是全面而真实的。才有可能既有血有肉又有骨有架，真正发挥其启迪今天、开拓未来的作用。因而我们在规划北京知青与延安丛书的编撰方案时，就确定把以编年体的形式，将北京知青在延安下乡插队其间大的历史事件给予准确记录，为后人勾勒出一个清晰的历史脉络作为一项重要任务，集中力量编撰一部《北京知青大事记》（以下简称《大事记》）。

《大事记》的编撰任务由延安市档案局（馆）承担，他们坚持历史研究的客观性、真实性原则，发挥自身优势，在全市各县（区）档案局（馆）和各相关单位、相关人士的密切配合下，广泛收集资料，认真疏理研究浩如烟海的档案资料，以大事、要事的记载为原则，删繁就简，认真编撰，付出了艰辛的劳动。丛书编委会对《大事记》初稿多次组织讨论，广泛征求意见，力争不遗漏大事、要事，保证其既完整准确又要言不繁。在反复阅读《大事记》初稿的基础上，对文字进行了再次修订，补充了许多重要史实，并多遍校正，为《大事记》的进一步完善做了大量工作。

《大事记》始于1968年10月，止于2014年12月，基本上概括了北京知青来延安下乡插队这个特殊历史事件的起始、发展、式微、余响。记载了其间所发生的大事、要事，较好地突出了延安精神的传承，突出了城市文明对乡村落后文化的改造，突出了延安各级党委、政府及人民群众对北京知青的关爱和北京知青对延安经济与社会发展的贡献及其"黄土地情结"，反映了北京知青与延安人民近半个世纪以来所结下的深情厚谊。是第一部全面反映北京知青来延安下乡插队的大事记，具有重要的史料价值，为进一步深入研究这段特殊的历史奠定了基础，提供了线索。因此，也可以说是功在当代，利在千秋。

尽管我们对《大事记》的编撰采取了慎重的态度，并充分发挥了集体的力量。但由于资料、时间、水平等诸方面的限制，缺点和问题肯定不少，可能还有很多遗漏。总之，仍然不尽如人意，期望得到广大读者的批评指正。

北京知青与延安丛书编委会

2015年1月13日

图书在版编目(CIP)数据

青春屐痕：北京知青大事记/北京知青与延安丛书编委会主编.
—北京：中央编译出版社，2015.2
(北京知青与延安丛书)
ISBN 978-7-5117-2565-3

Ⅰ.①青…
Ⅱ.①北…
Ⅲ.①纪实文学－中国－当代
Ⅳ.①I25

中国版本图书馆 CIP 数据核字(2015)第 029259 号

青春屐痕：北京知青大事记

出 版 人：	刘明清
责任编辑：	苗永姝
责任印制：	尹　珺
出版发行：	中央编译出版社
地　　址：	北京西城区车公庄大街乙5号鸿儒大厦B座(100044)
电　　话：	(010)52612345(总编室)　　(010)52612335(编辑室)
	(010)52612316(发行部)　　(010)52612317(网络销售)
	(010)52612346(馆配部)　　(010)55626985(读者服务部)
传　　真：	(010)66515838
经　　销：	全国新华书店
印　　刷：	北京华联印刷有限公司
开　　本：	787毫米×1092毫米　1/16
字　　数：	97千字
印　　张：	9
版　　次：	2015年2月第1版第1次印刷
定　　价：	25.00元

网　　址：	www.cctphome.com　　邮　　箱：cctp@cctphome.com
新浪微博：	@中央编译出版社　　　　微　　信：中央编译出版社(ID: cctphome)
淘宝店铺：	中央编译出版社直销店(http://shop108367160.taobao.com)
	(010)52612349

本社常年法律顾问：北京市吴栾赵阎律师事务所律师　闫军　梁勤
凡有印装质量问题，本社负责调换，电话：(010)55626985